A

Die großen Romane
Band 85

»Georges Simenon ist der Schriftsteller, der uns wie kein anderer an der Hand nimmt, um uns die Unvollkommenheit, das Ausgeliefertsein, die Einsamkeit, die Verantwortlichkeit menschlichen Handelns vor Augen zu führen. Er klagt nicht an, er verurteilt nicht, er erzählt: sachlich-nüchtern, schnörkellos, einfühlsam, bewegend und spannend.«
Hermann Schmidt im Nachwort

Georges Simenon, geboren 1903 im belgischen Lüttich, gestorben 1989 in Lausanne, gilt als der »meistgelesene, meistübersetzte, meistverfilmte, mit einem Wort: der erfolgreichste Schriftsteller des 20. Jahrhunderts« *(Die Zeit)*. Seine erstaunliche literarische Produktivität (75 Maigret-Romane, über 117 weitere Romane), viele Ortswechsel, zwei Ehen und unzählige Frauen bestimmten sein Leben. Rastlos bereiste er die Welt, immer auf der Suche nach dem, »was bei allen Menschen gleich ist«. Das macht seine Bücher bis heute so zeitlos.

Georges Simenon

Die Komplizen

Roman

Aus dem Französischen
von Stefanie Weiss

Mit einem Nachwort
von Hermann Schmidt

Atlantik

Die französische Originalausgabe erschien 1956 unter dem Titel
Les complices im Verlag Presses de la Cité, Paris.

Die deutsche Erstausgabe erschien 1959 unter dem Titel
Die Komplicen im Verlag Kiepenheuer und Witsch, Köln.

Atlantik ist ein Imprint
des Hoffmann und Campe Verlags, Hamburg.

1. Auflage 2023
Copyright © 1956 by Georges Simenon Limited
GEORGES SIMENON ® Simenon.tm
All rights reserved
Copyright für die deutschen Rechte © 2018
by Kampa Verlag AG, Zürich
Copyright der deutschen Übersetzung © 1980, 2012
Diogenes Verlag AG Zürich
Copyright für diese Ausgabe © 2023
by Hoffmann und Campe Verlag, Hamburg
www.hoffmann-und-campe.de
Umschlaggestaltung: © Rothfos & Gabler, Hamburg
Umschlagabbildung: © Leonardo Baldini / Arcangel
Satz: Dörlemann Satz, Lemförde
Gesetzt aus der Stempel Garamond und der Ano
Druck und Bindung: GGP Media GmbH
ISBN 978-3-455-01671-0

Ein Unternehmen der
GANSKE VERLAGSGRUPPE

1

Es kam plötzlich und mit voller Wucht. Und dennoch war es so, als habe er schon immer darauf gewartet. Es durchzuckte ihn nicht. Er wehrte sich nicht dagegen. Von dem Augenblick an, in dem es hinter ihm durchdringend zu hupen begann, von einer Sekunde zur nächsten, wusste er, dass die Katastrophe unvermeidlich war, und zwar durch seine Schuld.

Es klang nicht wie eine gewöhnliche Hupe, was ihm da im Nacken saß. Es war eine Mischung aus Wut und Entsetzen; ein unheilverkündendes Heulen, das durch Mark und Bein ging wie eine Schiffssirene in einer Nebelnacht im Hafen.

Gleichzeitig sah er im Rückspiegel den rot-weißen Koloss herandonnern, sah das verkrampfte Gesicht und die ergrauten Haare des Busfahrers, merkte, dass er selbst auf die Fahrbahnmitte geraten war.

Er kam nicht auf die Idee, seine Hand zurückzunehmen, die noch immer zwischen Edmondes Schenkeln steckte. Die Zeit hätte auch gar nicht gereicht.

Er hatte das untere Ende der Grande Côte fast erreicht, die Stelle, wo die Straße im rechten Winkel nach links abbog; aus der Entfernung sah es so aus, als ende sie abrupt an der Außenmauer des Château Roisin.

Seit einigen Minuten regnete es, gerade stark genug,

dass sich ein schmieriger Film auf dem Asphalt hatte bilden können.

Es war merkwürdig. In diesem Augenblick hatte er sich mit allem abgefunden: mit der Katastrophe, mit seiner Schuld. Er wusste, dass sein Leben gleich entzweigeschnitten sein, ja, dass er es vielleicht verlieren würde, und er tat, was ihm zu tun blieb, ohne wirklich daran zu glauben. Er versuchte, nur mit der linken Hand, wieder auf die rechte Seite hinüberzukommen. Wie zu erwarten gewesen war, brach der Wagen jedoch über das Heck aus, geriet ins Schleudern, drehte sich um die eigene Achse und rollte fast quer zur Fahrtrichtung aus.

Wie durch ein Wunder kam der Bus noch an ihm vorbei. Lambert glaubte den Fluch zu hören, den ihm der Fahrer mit verzerrtem Gesicht entgegenschrie. Hinter den Scheiben sah Lambert die Köpfe von nichtsahnenden Kindern. Dann krachte es; Blech zerfetzte kreischend – der Koloss war gegen einen Baum geprallt und schlitterte jetzt schräg auf die Kurve zu.

Sein eigener Wagen, der noch nicht völlig zum Stillstand gekommen war, fuhr indessen weiter – gefügig, als ob nichts geschehen sei. Der Bus dagegen prallte mit voller Wucht und der Gewalt einer riesigen Ramme auf die Außenmauer des Château Roisin auf.

Lambert hielt nicht an. Er hatte nur den einen Gedanken: weg, fort von hier, um das nicht mit ansehen zu müssen. Er besaß die Geistesgegenwart, nicht auf der Landstraße zu bleiben, sondern rechts in den Chemin de la Galinière einzubiegen.

Edmonde hatte nicht geschrien. Sie hatte sich nicht ge-

6

rührt. Er hatte nur gespürt, wie sie erstarrt war. Sie hatte sich zurückgelehnt, und ihm schien, dass sie die Augen geschlossen hatte.

Er hatte nicht den Mut, in den Rückspiegel zu schauen, um zu sehen, was hinter ihnen vor sich ging. Aber vor der ersten Kurve warf er doch einen Blick in den Spiegel, und da erblickte er einen riesigen Feuerschein.

Er hatte sich im ganzen Leben noch nie so schrecklich gefühlt; nicht einmal, als er nach einer Granatexplosion verschüttet gewesen war. Es war doch völlig unmöglich, dass er hier in seinem Auto saß und fuhr, dass er vor sich auf die Straße schaute, dass er atmete. Irgendetwas musste gleich bersten, in seinem Kopf oder in der Brust. Er war so schweißgebadet, dass seine Hände vom Steuerrad abrutschten.

Ihm kam die Idee, anzuhalten und kehrtzumachen. Aber er schaffte es nicht. Das ging über seine Kräfte. Er wollte nichts sehen. Panik, eine Macht, über die er keine Kontrolle hatte, trieb ihn weiter.

Trotz allem war er fähig, an Einzelheiten zu denken. Etwa hundert Meter hinter der Kurve und der Mauer, auf die der Bus aufgeprallt war, befand sich die Tankstelle der Despujols, die auch einen kleinen Laden mit Getränkeausschank betrieben. Er kannte sie wie alle in einem Umkreis von etwa zehn Kilometern um die Stadt. Die alte Despujols war taub, aber ihr Mann, der zu dieser Tageszeit höchstwahrscheinlich im Garten arbeitete, hatte zweifellos den Lärm gehört. Ob die Despujols Telefon hatten? Es fiel ihm nicht ein. Wenn nicht, musste Despujols in das Dörfchen Saint-Marc, etwa einen Kilome-

7

ter entfernt, hinüber, um Hilfe herbeizurufen. Ein Auto hatte er nicht. Er würde sein Fahrrad nehmen.

Lambert wagte immer noch nicht, Edmonde anzusehen, die nach wie vor regungslos neben ihm saß. Sie hatte offenbar den Saum ihres Kleides wieder tiefer gezogen, ohne dass er etwas davon gemerkt hatte, denn er hatte den hellen Fleck ihrer Knie nicht mehr im Augenwinkel.

Er musste etwas tun, musste irgendwohin. Bloß – wohin? Das wusste er noch nicht. Jetzt, nachdem er die Kurve hinter sich gelassen und in den Chemin de la Galinière eingebogen war, hatte er das Recht verwirkt, wieder zurückzukehren. Er durfte sich auch nicht im Dorf, etwa achthundert Meter entfernt, blicken lassen. Er schlug deshalb den ersten Feldweg zu seiner Linken ein, wobei er voller Schrecken an die Möglichkeit dachte, dass ihnen ein Bauer begegnen könnte.

Wenn er die große Umgehungsstraße, die Route du Coudray, erreichte, war er gerettet. Dann konnte er behaupten, von jedem x-beliebigen Ort zu kommen, von gar nichts zu wissen, an diesem Tag nicht über die Grande Côte gekommen zu sein.

Rechts lag jetzt ein Bauernhof, aber es war niemand zu sehen. Es regnete immer noch, ein typischer spätsommerlicher Landregen. Eigentlich fast schon ein Herbstregen. Sein Herz schlug weiterhin sehr schnell. Seine Hand lag feucht und zitternd am Lenkrad.

Er schämte sich. Er war unsagbar unglücklich. Dennoch zwang er sich, alles Mögliche zu bedenken, sich gegen alle Eventualitäten zu wappnen.

Er hörte sich laut sagen:

»Wir halten in Tréfoux.«

Das war fast am anderen Ende der Stadt, um die die Route du Coudray herumführte. Er kannte sich dort überall aus; er hatte in der ganzen Gegend Baustellen, die er fast täglich inspizierte. Gerade kamen sie von einer dieser Baustellen auf dem Renondeau-Hof, wo seine Leute dabei waren, das Stahlgerüst für eine Scheune aufzustellen.

Lambert hatte auch die Gebäude der Molkereigenossenschaft von Tréfoux errichtet, zu der eine mustergültige Käserei gehörte, und zweihundert Meter weiter entstand jetzt eine großangelegte Schweinemast, in der die Abfallprodukte Verwendung finden sollten.

Lambert hatte viel gearbeitet – mehr noch als sein Vater und mehr als sonst jemand in der Stadt. Und nun war mit einem Schlag die ganze Anstrengung von fünfundzwanzig Jahren bedroht.

Wie viele Sekunden hatte es dafür gebraucht? Nur wenige! Nicht einmal die Zeit, die er gebraucht hätte, um seine rechte Hand zurückzuziehen.

Der Bus hatte bestimmt auf halber Strecke zum ersten Mal gehupt, aber Lambert war sich nicht sicher. Er hatte nicht darauf geachtet. Und doch hatte er das Hupen wieder im Ohr; es stieg in ihm auf, wie Fetzen aus einem Traum bisweilen vor einem aufsteigen. Der Fahrer hatte Hupzeichen gegeben, um sich von weitem bemerkbar zu machen. Der Bus war schnell gefahren, er brachte Kinder aus einem Ferienlager zurück nach Paris oder in irgendeine Stadt im Norden.

Lambert fuhr jetzt auf die Route du Coudray, und von nun an war es fast so, als sei er dem Leben wiedergegeben worden. Auf der gut ausgebauten Straße herrschte reger PKW- und LKW-Verkehr. Etwa dreihundert Meter weiter vorn wurde eine rote Tankstelle sichtbar und noch ein Stückchen weiter weg eine Gastwirtschaft mit Terrasse. Lambert hätte beinahe angehalten, um etwas zu trinken; vielleicht könnte er sich dabei auch ein Alibi verschaffen, indem er so ganz nebenbei einflocht, er käme gerade vom Renondeau-Hof und sei auf dem Weg nach Tréfoux.

Aber war das nicht übervorsichtig? Vielleicht würde er damit gerade auf sich aufmerksam machen? Es kam zwar oft vor, dass er an einem Landgasthaus anhielt und sich einen Weißwein bestellte, aber nie, wenn er seine Sekretärin dabeihatte.

Edmonde begleitete ihn selten. Er hätte nicht erklären können, was ihn an diesem Tag, als er schon am Aufbrechen war, gepackt hatte.

»Nehmen Sie die Pläne, Mademoiselle Pampin«, hatte er zu ihr gesagt, »und warten Sie unten im Wagen auf mich.«

Marcel, sein Bruder, der auch im Büro war, hatte ihm, wie es seine Art war, schweigend einen Blick zugeworfen und ihn damit aufgebracht. Als ob Marcel da mitreden konnte! Jeder zimmert sich sein Leben nach seiner Fasson zurecht. Marcel hatte das Leben gewählt, das ihm gefiel, und schien damit zufrieden. Kein Grund, anderen seine Prinzipien aufzuerlegen.

»Du brauchst die Pläne?«, hatte Marcel gefragt.

»Ja.«

Joseph Lambert hatte seinem Bruder dabei in die Augen gesehen. Es war nicht das erste Mal, dass sie auf Kollisionskurs gingen, wenn man das überhaupt so nennen konnte, denn Marcel trat mit schöner Regelmäßigkeit den Rückzug an. Oder besser gesagt: Marcel begnügte sich damit, nicht nachzuhaken und stattdessen ein Lächeln aufzusetzen, das so dünn war wie sein flaumiges blondes Schnurrbärtchen.

Zu dem Zeitpunkt hatte es noch nicht geregnet; die Büroräume waren voller Sonne gewesen. Sie hatten sie drei Jahre zuvor renoviert und, wie in modernen Firmen üblich, mit Glastrennwänden versehen. Nur Joseph hatte ein Büro, in das man keinen Einblick hatte. Wenn er dann zusätzlich unter dem Vorwand, dass die Sonne blendete, die Jalousien herunterließ, brauchte er nur noch Mademoiselle Pampin zu sich hereinzurufen, wie zum Diktat oder einer anderen Arbeit. Niemand, noch nicht einmal Marcel, hätte es sich erlaubt, sein Zimmer zu betreten, ohne vorher anzuklopfen.

Was dann geschah, hatte zweifellos so geschehen müssen.

»Nehmen Sie die Pläne, Mademoiselle Pampin, und warten Sie unten im Wagen auf mich.«

Er hatte es ganz spontan und ohne präzise Absichten gesagt.

Sie wusste, was das zu bedeuten hatte.

Sie waren nur noch knapp zwei Kilometer südlich von der Stadt, als plötzlich die Sirenen der Feuerwehr aufheulten.

Lambert wusste, dass es zu spät war. Er war im Krieg gewesen und hatte Panzer, Lastwagen und abgeschossene Flugzeuge brennen sehen.

Es kam jetzt darauf an, kaltblütig zu bleiben. Er durfte nicht auf das Heulen der Sirenen achten, das ihn an das verzweifelte Hupen des Busses erinnerte.

Die Molkerei lag am selben Kanal wie sein eigener Betrieb, nur ein paar Kilometer flussabwärts und schon außerhalb der Stadt, während sein Betrieb noch an ein dichtbesiedeltes Viertel angrenzte. Die Arbeiter, die die neuen Gebäude für die Schweinezucht errichteten, hatten gerade Schluss gemacht. Nur der Polier war noch da; er hatte die Tasche umgehängt, in der er seine Tagesverpflegung mitbrachte, und wollte sich gerade aufs Rad schwingen. Er tippte mit der Hand an die Mütze und grüßte.

»Guten Abend, Monsieur Joseph.«

Er hatte über dreißig Jahre bei Lambert senior gearbeitet und dessen Söhne schon gekannt, als sie noch kleine Jungen waren. Er sagte »Monsieur Marcel« und »Monsieur Joseph«. Er hatte so gut wie nie die Gelegenheit, »Monsieur Fernand« zu sagen, da Fernand in Paris lebte und sich fast nie zu Hause blicken ließ.

»Guten Abend, Nicolas. Hier alles in Ordnung?«

Edmonde war im Wagen sitzen geblieben. Lambert warf ihr zum ersten Mal einen Blick zu, seit sie die Grande Côte verlassen hatten. War ihr anzusehen, dass sie gerade eine Katastrophe miterlebt hatte?

Sie war blass, ja. Aber kaum mehr als sonst. Sie hatte von Natur aus einen hellen, farblosen Teint, was umso mehr überraschte, als es nicht zu dem fast runden Gesicht, den vollen Backen und der kräftigen Figur passte.

»Seid ihr noch fertig geworden mit dem Verschalen, für den Beton morgen?«

»Ja, kurz bevor es zu regnen anfing. Haben Sie die Sirenen gehört? Da brennt's wohl irgendwo.«

»Scheint so.«

Es war ihm unangenehm, dass Edmonde den Blick auf ihn richtete. Was mochte sie denken? Wie beurteilte sie das, was passiert war, was er getan hatte? Und was dachte sie jetzt, in diesem Augenblick, von ihm? Unmöglich, es zu erraten. Er hatte noch nie ein so teilnahmsloses Gesicht gesehen wie das ihre, und ihr Körper teilte die Unbeweglichkeit ihrer Züge. Man konnte sie minutenlang ansehen, ohne eine Bewegung an ihr wahrzunehmen.

Sie war jetzt ein Jahr bei ihm. Er hatte sie nach der Pleite des Eisenwarenhändlers Penjard eingestellt, dessen Sekretärin sie gewesen war. Die Angestellten hatten sich zuerst über ihren Namen lustig gemacht und keine Gelegenheit ausgelassen, ihn auszusprechen und dabei übertrieben zu artikulieren:

»*Guten Tag, Mademoiselle Pampin!*«

»*Guten Abend, Mademoiselle Pampin!*«

Unter sich nannten sie sie »die Pampine«, und eines Tages hatte Lambert durchs geöffnete Fenster gehört, wie ein junger Maurer erklärt hatte:

»*Sie hat was von einer Kuh!*«

Ein Mann in Ledergamaschen und Cordhose kam jetzt von der Molkerei zu ihnen herüber. Es war Bessières, der Leiter der Genossenschaft. Lambert, der bei seinem Wagen stand, streckte ihm die Hand entgegen, und der Polier tippte erneut an die Mütze.

»*Salut,* Bessières.«

»*Salut,* Monsieur Lambert.«

»Haben Sie die Sirenen gehört?«, fragte der alte Nicolas auch ihn.

»Ja. Ich habe gleich in der Stadt angerufen. Sieht so aus, als ob ein Bus voller Kinder gegen die Mauer des Château Roisin geprallt ist und Feuer gefangen hat.«

Bessières wischte sich mit dem Taschentuch den Schweiß von der Stirn. Er hatte selbst sechs Kinder; ein paar von ihnen konnte man drüben im Hof spielen sehen. Und seine Frau war gerade wieder schwanger.

Das war die erste ernsthafte Prüfung. Lambert, der nicht so schnell damit gerechnet hatte, war noch nicht dazu gekommen, sich Gedanken darüber zu machen, wie er sich inskünftig verhalten sollte. Edmondes Anwesenheit war ihm unangenehm.

»Von einem Ferienlager?«, hörte er sich fragen und war erstaunt darüber, wie natürlich seine Stimme klang.

»Wahrscheinlich. Man weiß noch nichts Genaueres.«

Lambert wischte sich ebenfalls den Schweiß ab – völlig ruhig, wie ihm schien, aber er vergewisserte sich doch mit einem raschen Blick, ob seine Hand nicht zitterte.

Es war besser, nicht eigens zu betonen, dass er vom Renondeau-Hof komme und über die Route du Coudray zurückgefahren sei.

›Man ist stets in Versuchung, zu viel zu reden‹, dachte er.

»Ich wollte bloß schnell nach dem Rechten sehen«, murmelte er deshalb nur. »Nicolas hat mir gesagt, dass wir bis Monatsende mit allem fertig sind, wenn es ein paar Tage schön bleibt.«

»Wollen Sie auf ein Glas hereinkommen?«

»Nein, danke. Ich hab noch im Büro zu tun.«

Er hatte sich ganz normal verhalten. Sie hatten sich unterhalten wie Leute, die sich seit langem kennen und häufig sehen.

»Und sonst, wie geht's? Sind alle gesund?«

Anstatt diese Frage zu beantworten, sagte Bessières wie zu sich selbst:

»Ich glaube, ich setze mich mal eben in meinen Wagen und schaue nach, was da unten eigentlich los ist.«

Das war alles. Lambert stieg wieder in seinen Citroën, wendete und fuhr in Stadtrichtung zurück. In den Außenbezirken und dann im Zentrum war bereits eine ungewöhnliche Erregung zu spüren. Vor den Haustüren hatten sich Menschengrüppchen gebildet, und Männer und Jugendliche hatten sich auf ihre Fahrräder geschwungen und waren alle in dieselbe Richtung unterwegs.

An der Place de l'Hôtel-de-Ville, wo er in einer halben Stunde im Café Riche zum Bridge erwartet wurde, kam ihnen ein Krankenwagen entgegen, der zur Klinik hinauffuhr. Offenbar war er leer. Das war der bisher schlimmste Augenblick, und er hätte beinahe am Straßenrand angehalten, so matt und kraftlos fühlte er sich.

Im Café entdeckte er Lescure, den Versicherungsmakler, der zusammen mit Nédelec bereits an ihrem Tisch saß.

»Gehen Sie nicht noch im Büro vorbei?«, fragte Edmonde. Offenbar hatte er unschlüssig gewirkt.

Es war das erste Mal seit der Grande Côte, dass sie den Mund aufmachte. Ihre Stimme klang teilnahmslos.

»Ist vielleicht besser«, sagte Lambert, während er überlegte, ob sie ihn mit ihrer Bemerkung nicht diskret zur Ordnung rief.

»Es ist halb sieben«, ergänzte sie.

Er verstand nicht sofort, was die Uhrzeit damit zu tun hatte.

»Na und?«, fragte er.

»Möchten Sie denn, dass ich bis zum Quai Colbert mitkomme, oder ist es nicht besser, wenn ich gleich hier aussteige?«

Sie hatte recht; um halb sieben war ja Büroschluss.

»Sie können hier aussteigen«, antwortete er.

»Soll ich das Dossier Renondeau hierlassen?«

»Ja.«

»Auf Wiedersehen, Monsieur Lambert.«

»Auf Wiedersehen, Mademoiselle Pampin.«

Sie machte die Wagentür zu und entfernte sich in Richtung des nahegelegenen Viertels Saint-Georges, in dem sie zusammen mit ihrer Mutter wohnte. Er sah ihr nach und fühlte sich erleichtert und etwas verloren zugleich, als sie seinem Blick entschwand. Sie hatten nichts vereinbart, hatten mit keiner Silbe über den Vorfall gesprochen. Er wusste noch nicht einmal, ob sie reden oder schweigen würde. Kannte er sie überhaupt?

»Kommst du?«, fragte Weisberg, der Inhaber des Kaufhauses Prisunic, der auch zu ihrer Bridgerunde gehörte, in dem Moment, als Lambert sein Auto wieder in Bewegung setzen wollte.

»Nicht sofort. Ich muss zuerst ins Büro.«

»Kommst du gerade in die Stadt zurück?«

»Ja, gerade eben.«

»Hast du's schon gehört?«

»Ja. In der Molkerei haben sie's mir erzählt.«

»Ich war eben dort und wollte mal schauen, aber das konnte ich nicht. Es ist so furchtbar, dass ich gleich wie verrückt nach Hause gerannt bin, um nachzusehen, ob meine Kinder wirklich alle am Leben sind.«

»Sind welche gerettet worden?«, brachte Lambert hervor.

»Nicht eines. Das heißt, ein Mädchen ... Es waren nämlich Jungen und Mädchen im Bus. Aber es wäre ein Wunder, wenn sie das Kind retten könnten. Benezech ist schon dort, und auch die Gendarmerie. Der Unterpräfekt muss jeden Moment kommen, und der Präfekt hat Bescheid geben lassen, dass er auch da ist, bevor es dunkel wird.«

Benezech, der Chefkommissar der lokalen Polizei, war auch einer der Bridgespieler. Er war ein großer, rothaariger Mann mit auffallendem Schnauzbart und langen hellen Haaren auf dem Handrücken.

»Dann bis gleich.«

»Ja, bis gleich.«

In einer, in zwei Stunden würde es vielleicht niemanden mehr geben, der so mit ihm redete, der ihm die Hand gab. Er war weitergefahren, und auf dem ganzen Weg begegneten ihm Gesichter, die ernster und düsterer waren als sonst. Auf den Gehwegen und in den Geschäften standen weinende Frauen herum.

Soweit er sich erinnern konnte, war die Grande Côte leer gewesen, als er sie hinunterfuhr. Er war fast sicher, dass ihm kein Fahrzeug entgegengekommen war und auch kein LKW auf dem Randstreifen auf halber Höhe der Steigung gestanden hatte, was häufig vorkam.

Aber wie stand es mit Radfahrern? Wären sie ihm aufgefallen, wenn welche da gewesen wären?

Und danach, als er nach rechts abgebogen war: Hatte womöglich jemand von den Despujols in der Tür gestanden? Nicht sehr wahrscheinlich, aber auch nicht ausgeschlossen. Sein Citroën war schwarz, und es gab eine Menge schwarzer Wagen dieses Typs in der Stadt und Umgebung. Außerdem sind die Leute selten so geistesgegenwärtig, sich das Kennzeichen zu merken.

Andererseits hätte ein Bauer auf dem Feld ihn im Vorüberfahren ohne weiteres erkennen können. Er hatte einen ziemlich unverwechselbaren Kopf und war einer der bekanntesten Männer in der Gegend.

Ab dem Château Roisin war er sich seiner Sache ziemlich sicher; sein Gedächtnis hatte alle Einzelheiten automatisch registriert – bis hin zu einer rotbraunen Kuh, die aus der Weide ausgebrochen war und am Wegrand herumirrte.

Aber davor? Da war vor allem dieser Mensch, der von allen nur der »Ziegenmann« genannt wurde und von dem er folglich auch nicht wusste, wie er hieß. Ein komischer Kauz, der in einer Bruchbude unweit der Straße hauste und stundenlang mit seinen vier oder fünf Ziegen am Straßenrand unterwegs war, um sie an der Böschung grasen zu lassen.

Man war so daran gewöhnt, ihn irgendwo zu sehen, wenn man die Grande Côte hinauf- oder hinunterfuhr, dass man überhaupt nicht mehr auf ihn achtete. Und in diesem Moment hatte Lambert noch keinerlei Veranlassung gehabt, sich um andere zu kümmern. Jetzt aber war das von größter Wichtigkeit. Zwischen dem Zeitpunkt des Unfalls und dem Eintreffen der Helfer hatte es nicht so stark geregnet, dass die Reifenspuren auf der Straße verwischt worden wären. Die Gendarmen hatten sich sicher gründlich mit diesen Spuren beschäftigt, ebenso wie Benezech und seine Leute.

Lambert hatte in der Zeitung Berichte über erstaunliche Rekonstruktionen von Unfällen gelesen, bei denen es keine Zeugen gab. Sie würden bestimmt innerhalb kürzester Zeit feststellen, dass der bergab fahrende Bus verzweifelt versucht hatte, einem anderen Wagen auszuweichen, der auf die Straßenmitte geraten und immer weiter nach links abgekommen war.

Und es war unausweichlich, dass man diesen Wagen suchen würde.

Am Ladequai direkt gegenüber dem großen Firmenschild mit der Aufschrift »J. Lambert Söhne« hatte ein Frachtkahn festgemacht; an Deck hing regennasse Wäsche auf der Leine. Ein kleines Mädchen presste sein Gesicht gegen eines der Kajütenfenster, und die plattgedrückte Nase, der beschlagene Atemfleck darunter und die sonnengebleichten Haare des Kindes verliehen dem Bild etwas Gespenstisches.

Im Schiff drinnen wurde es früh dunkel, man hatte bereits die Lampe angezündet. Der Vater war bestimmt auf ein Glas in die etwa dreihundert Meter flussabwärts gelegene Schleusenkneipe gegangen, während die Mutter das Abendessen kochte.

Die Büros waren schon geschlossen, die Angestellten bereits weg. Auch Marcel war nicht mehr da – möglicherweise war er zur Unfallstelle geeilt, als er die Sirenen hörte.

Marcel war nicht sonderlich robust, deshalb war er im Krieg Sanitäter gewesen. Und danach war er dem Roten Kreuz beigetreten. Er nahm das sehr ernst. Er nahm das ganze Leben ernst. Besonders stolz war er darauf, dass sein ältester Sohn zur École Polytechnique zugelassen worden war und dass sein Zweitältester, Armand, der beste Schüler des Gymnasiums war. Und Monique, seine Tochter, besuchte natürlich die Klosterschule von Notre-Dame!

Beinahe hätte Lambert die Renondeau-Akte im Wagen liegenlassen, er ging zurück, um sie zu holen, schloss die Tür zu den Büroräumen auf und legte den Ordner auf Mademoiselle Pampins Schreibtisch.

Jouvion, der Nachtwächter, war offenbar bereits in seinem Häuschen, das hinter Balken, Hohlblock- und Backsteinstapeln versteckt war. Aus dem Ofenrohr, das durch das Blechdach getrieben worden war, sah man Rauch aufsteigen.

Oben im ersten Stock waren Schritte zu hören; entweder seine Frau oder das Hausmädchen. Lambert wollte, dass alles war wie immer, und so stieg er die Treppe zur Wohnung hinauf.

Früher war das die Wohnung seiner Eltern gewesen. Er und seine beiden Brüder waren hier geboren worden, zu einer Zeit, als die Räume viel weniger großzügig und modern gewesen waren. Er war schon mindestens sieb-

zehn gewesen, als das erste Badezimmer installiert worden war.

Weder sein Vater noch seine Mutter hätten Aufteilung
und Einrichtung der Räume wiedererkannt, wenn sie sie
im jetzigen Zustand gesehen hätten. Seine Mutter war
vor nunmehr zehn Jahren als Erste von ihnen gegangen,
und es war erst drei Jahre her, dass auch der alte Lambert gestorben war. Er war nicht etwa an Altersschwäche
oder infolge einer Krankheit gestorben. Vielmehr war er
auf einer Baustelle aus zwanzig Metern Höhe von einem
instabilen Balken gestürzt. Bis zum Schluss hatte er sich
etwas auf seine Furchtlosigkeit eingebildet, und oft genug
hatte er die jungen Arbeiter mit einem krächzenden »Lass
mich mal ran, Kleiner!« beiseitegeschoben.

Lambert sah Angèle, das Hausmädchen, in der hell-
erleuchteten Küche stehen. Sie hatte offenbar von dem
Unglück erfahren, denn sie schniefte und hatte rote, ver-
weinte Augen.

»Wo ist Madame? Nicht zu Hause?«

»Nein, Monsieur. Sie ist weggegangen, als sie von dem
Unglück gehört hat.«

»Allein?«

»Nein. Monsieur Marcel hat sie im Wagen mitgenommen.«

Er fühlte sich plötzlich niedergeschmettert, als ob sich
all das gegen ihn persönlich richtete, als ob sich bereits ein
feindlicher Clan gegen ihn formierte.

»Monsieur ist nicht hingegangen?«

»Nein.«

»Es scheint ganz furchtbar zu sein, einer der schreck-

lichsten Unfälle, die es je gegeben hat. All die armen En-
gelchen, die auf dem Heimweg zu ihren Eltern waren und
dann …«

Er zündete sich nervös eine Zigarette an. Es war die
erste seit der Grande Côte.

»Wenn man nur wüsste, wie viele noch davonkommen«,
fuhr Angèle fort. »Eben haben sie im Radio gesagt …«

Er bemerkte erst jetzt, dass der kleine Apparat in der
Küche angestellt war, aber der Ton war leise gestellt.

Er konnte sich nicht einfach hinlegen; er konnte nicht
sagen, dass er krank sei und niemanden sehen wolle, wie
er es am liebsten getan hätte. Er musste sich wie an jedem
anderen Abend benehmen. Er musste sprechen, zuhören
und wie alle anderen den Kopf schütteln und seufzen.

»Ich bin dann zurück wie immer, Angèle.«

Wie immer, das bedeutete gegen acht. Er ging ins Badezimmer, um ja nicht gegen eine seiner Gewohnheiten zu
verstoßen. Er wusch sich die Hände und kämmte sich das
Haar. Beim Händewaschen hatte er das Gefühl, dass Edmondes Geruch noch an seinen Fingern haftete.

Er war versucht, sich einen Schnaps einzuschenken, um
die Ruhe in seinem Innern wiederherzustellen. Aber er
brachte den Willen auf, darauf zu verzichten.

Beim Trinken war er sonst nicht zimperlich. Das gehörte fast zu seinem Beruf. Es kam allerdings vor, dass er
zu viel redete, wenn er ein paar Gläser getrunken hatte,
und zwar mit einem gewissen Nachdruck, den er dann
für Aufrichtigkeit hielt. Im Café Riche zum Beispiel
konnte er sich so weit gehenlassen, dass er mit der Faust
auf den Tisch schlug und laut sagte:

»Wenn wir nur nicht umgeben wären von so einer Bande von A…!«

Oder er konnte empört gegen nicht näher bezeichnete Personen zu Felde ziehen.

»Der Tag, an dem jeder Einzelne beschließt, sich nicht mehr von diesen Halunken …«

Es war beklemmend, zuerst durch die leere Wohnung und dann durch die dunklen Büros zu gehen, er durchquerte sie, als sei er auf der Flucht. Er beneidete die Leute auf dem Frachtkahn, die sich jetzt schon zu Tisch setzten, da sie um fünf Uhr früh aufstanden. Er beneidete sogar den alten Jouvion, der auf der gusseisernen Platte seines Ofens wahrscheinlich gerade Kartoffeln röstete.

Morgen, übermorgen, wenn er wusste, woran er war, würde es ihm bessergehen. Wenn es so weit kommen sollte, dass man ihn verhaftete, dann am besten gleich. Na und? Im Krieg war er praktisch laufend in Lebensgefahr gewesen, hatte riskiert, ein Bein zu verlieren oder zu erblinden.

Also, was soll's?

Er würde sich nicht verteidigen. Er hatte sich etwas zuschulden kommen lassen, das stimmte. Das brauchte man ihm nicht erst zu sagen; schließlich war er der Erste gewesen, dem das klargeworden war. Und alles Übrige ging nur ihn etwas an. Jeder macht aus seinem Leben, was er kann, und er hielt sich nicht für schlechter als jeden anderen aus seinem Bekanntenkreis.

Er setzte sich in seinen Wagen und fuhr los, auf den ersten hundert Metern versehentlich ohne Licht. Es war zwar noch nicht völlig dunkel, aber die Sonne war schon vor einer Weile untergegangen.

Jetzt, bei künstlichem Licht, wirkte die Stadt viel düsterer – vor allem, seit die Büros und Werkstätten geschlossen hatten. Die Leute waren nämlich nicht zu Hause in ihren Wohnungen, sondern draußen, auf den Gehwegen und in den Cafés; sie diskutierten, sie gestikulierten und wehklagten. Manche Frauen weinten. Mit den Kindern wusste man nichts anzufangen, und die Erwachsenen verstummten sofort, wenn plötzlich eins vor ihnen stand.

Im Café Riche jedoch saßen vier Männer wie sonst auch beim Kartenspiel an ihrem Tisch. Lambert hatte diese Runde den »Tisch des Metzgers« getauft, weil Repellin, der Metzger, die treibende Kraft war, den meisten Platz brauchte und am lautesten redete.

Gegenüber saßen Lescure und Nédelec beim Aperitif und unterhielten sich halblaut. Sie hatten aber weder die Filzunterlage noch die Karten kommen lassen.

»Ist Weisberg nicht da?«, fragte Lambert erstaunt. »Ich habe ihn doch gerade eben getroffen, und er hat mir gesagt ...«

»Seine Frau hat hier angerufen.«

»Wieso? Ist etwas passiert?«

»Ein Freund von ihm, der in Paris ein Geschäft hat, hat im Radio offenbar die Meldung gehört. Und da sein kleiner Sohn ...«

»Im Bus?«, fragte er.

»Ja, vermutlich. Genau weiß man es noch nicht. Die Sache ist die, dass zwei Busse fast gleichzeitig abgefahren sind – jeweils mit der Hälfte der Kinder aus dem Ferienlager. Der zweite Bus ist noch irgendwo unterwegs, ohne dass man ihn bisher einholen und stoppen konnte. Im

Augenblick weiß man also noch nicht, welche Kinder tot und welche am Leben sind. Im Rathaus klingelt das Telefon ununterbrochen, es ist kein Durchkommen. Und da diese Leute Weisberg kennen, haben sie ihn gebeten ...«

»Was darf's sein, Monsieur Lambert? Das Gleiche wie immer?«

Wie immer, das bedeutete einen Pernod. Lambert nickte.

»Ich habe vorhin Benezech gesehen, zusammen mit dem Inspektor. Richtig krank haben die ausgesehen. Und in den Hotels geht es drunter und drüber. Alle lassen Zimmer reservieren – die Zeitungen für ihre Reporter und Fotografen, die Eltern, die noch im Ungewissen sind ... Was da los sein wird, wenn erst der Nachtzug aus Paris hier ankommt ...«

Nédelec, der Getreidehändler, fiel dem Versicherungsmakler ins Wort.

»Zwei Journalisten, einer davon vom Rundfunk, sind schon mit einem Privatflugzeug angekommen. Sie wären beinahe draufgegangen, als die Maschine hier auf freiem Feld gelandet ist.«

Lescure hatte selbst Kinder und sogar Enkelkinder, da seine beiden Töchter verheiratet waren. Nédelec dagegen war Witwer; seine einzige Tochter war geistig behindert und wohnte bei ihm.

Von draußen drang mehr Verkehrslärm herein als sonst. Vier oder fünf Polizisten hielten alle Fahrzeuge an, die in Richtung Grande Côte fahren wollten.

Lambert trank einen Schluck von seinem Aperitif.

»Weiß man schon, wie viele es waren?«, fragte er und

wunderte sich, dass er imstande war, eine solche Frage zu stellen.

»Achtundvierzig, dazu noch der Fahrer und eine Frau mittleren Alters, wahrscheinlich die Ferienmutter, und ein junges Mädchen, das der Frau geholfen hat.«

Lambert sah sich in dem großen Spiegel an der Wand gegenüber. Er sah sein Gesicht zwischen all den anderen Gesichtern im Widerschein der Tischlampen und dem Rauch, der über den Köpfen dahinzog. Hatten sie sonst nichts zu erzählen? Musste er denn alles aus ihnen herauslocken?

Er trank sein Glas aus und bedeutete dem Kellner, ihm nochmals das Gleiche zu bringen.

»Und wie es dazu gekommen ist, weiß man das?«

»Sie haben Sachverständige hinzugezogen, die der Polizei und der Gendarmerie helfen. Bis jetzt weiß man nur, dass ein Wagen im Zickzack auf der Straße gefahren und dann plötzlich vor den Bus geraten ist. Der Bus wollte ausweichen, ist gegen einen Baum geprallt und wurde daraufhin gegen die Außenmauer des Château Roisin geschleudert. Schon seit zehn Jahren redet man davon, diese Mauer abzureißen. Sie hat doch gar keine Funktion mehr. Außerdem wollen sie schon lange die Kurve ausbauen. Weiß jemand, wie viele Unfälle es in den letzten zehn Jahren an der Stelle gegeben hat?«

»Keine Ahnung.«

»Benezech ist erst neulich wieder darauf zu sprechen gekommen. Und auch mich hat die Sache beschäftigt, vom Versicherungstechnischen her, wohlverstanden. Achtundsechzig Unfälle in zehn Jahren, davon zwölf mit tödlichem Ausgang. Diesmal wird man sich ja wohl dazu durchringen, endlich etwas zu unternehmen.«

Die Büroräume der Polizei waren genau gegenüber, im linken Flügel des Hôtel de Ville, dessen Fenster alle hell erleuchtet waren wie am Abend des großen Balles, der traditionsgemäß einmal im Jahr hier stattfand. Hinter einem der Fenster sah man zwei Gestalten, die sich wie in einem Schattenspiel bewegten. Die eine war Benezech – man konnte ihn an seinem Schnauzbart erkennen –, die andere war ein Gendarm, der sein Käppi aufbehalten hatte. Autos und Motorräder fuhren laufend vor die Steintreppe des Hôtel de Ville, wo ein paar Beamte vergebliche Anstrengungen machten, die Schar der Schaulustigen fernzuhalten.

Jetzt hielt ein schwarzer PKW mit der Aufschrift einer Zeitung aus dem Nachbar-Département vor dem Café. Ein großer junger Mann im Regenmantel kam hereingestürzt.

»Kann ich mal telefonieren?«

Souriac, der Wirt, stand an der Theke und deutete nur wortlos auf die Kabine.

»Waren vor mir schon welche da – Kollegen, meine ich?«

»Bis jetzt noch nicht.«

Die vier am Tisch des Metzgers waren weiter mit ihren Karten und ihren Jetons beschäftigt, sahen jetzt aber doch etwas gehemmt aus. Aber was hätten sie auch anderes tun sollen? Immerhin redeten sie jetzt in gedämpfterem Ton.

»Ich steche! Herz zehn, König, Pik König, und dann noch diese schöne Kreuz sieben.«

Der Metzger war stolz auf sein Werk und betrachtete seine Mitspieler verächtlich.

Capel, der Geschichtslehrer am Gymnasium, der fast jeden Abend Bridge spielte, betrat gerade gemessenen Schrittes das Lokal, legte langsam und bedächtig Hut und Mantel ab und hängte beides an dem gewohnten Haken auf. Dann ging er auf ihren Tisch zu.

»Ja – spielen wir denn heute nicht?«, fragte er überrascht.

2

Es war zehn nach acht, als er den Wagen vor seinem Haus parkte. Im Esszimmer brannte Licht. Er ging sofort nach oben, ohne wie sonst noch einen Blick ins Büro zu werfen. Von der Küche her hörte er das Radio, das Esszimmer war leer, und der Tisch war für eine Person gedeckt. Da ihm an diesem Abend die geringste Abweichung von seinen Gepflogenheiten riskant erschienen wäre, stieß er beiläufig die Tür zum Schlafzimmer auf.

»Bist du da?«, fragte er ins Dunkle hinein.

Das war eine alberne Frage – natürlich war das Schlafzimmer auch leer. Er wandte sich zur Küche und wäre im Flur beinahe mit Angèle zusammengeprallt.

»Ist Madame noch nicht zurück?«

»Sie hat angerufen und bittet Sie, bei Madame Jeanne zurückzurufen.«

»Wann war das?«

»So gegen halb acht. Soll ich auftragen?«

Er hätte am liebsten geantwortet, dass er keinen Hunger habe oder dass er lieber auswärts essen wolle. Aber von nun an musste er vor allem und jedem auf der Hut sein – selbst vor einem so unbedeutenden Menschen wie dem Hausmädchen.

»Ich werde zuerst mit Madame telefonieren«, sagte er deshalb.

Wenn Nicole nicht zu Hause war, konnte man sicher sein, dass sie bei einer ihrer drei Schwestern war, meistens bei Jeanne. Zu Lebzeiten ihrer Mutter hatten die vier Fabre-Töchter sich fast täglich bei dieser getroffen, obwohl sie alle verheiratet waren. Als ob das ihr eigentliches Zuhause geblieben wäre.

»Hallo! ... Wer ist am Apparat? ... Bist du's, Jeanne? ... Raymonde?«

Raymonde war die Älteste, ihr Mann, Barlet, arbeitete in der Versicherungsbranche wie Lescure. Sie war also offenbar auch zum Abendessen bei ihrer Schwester geblieben.

»Moment, Joseph, ich rufe Nicole ... Sag, ist das nicht grauenhaft? ... Wir sind alle völlig fertig ... Und die arme Jeanne ...«

Nicole musste ihr den Hörer aus der Hand genommen haben, denn plötzlich war sie statt ihrer Schwester am Apparat.

»Joseph? Ich habe Angèle gesagt, sie soll dir dein Abendessen servieren. Ich bleibe noch bei Jeanne; sie hat vorhin einen schweren Schock erlitten und sich noch nicht wieder erholt. Sie ist gerade mit den Kindern von Bonnières zurückgekommen ...«

Bonnières war nur ein paar Kilometer vom Renondeau-Hof entfernt, und Lambert fiel plötzlich wieder ein, dass seine Schwägerin mit ihrem kleinen Auto öfters dorthin fuhr und den Nachmittag über bei einer Freundin blieb.

»Ist sie über die Grande Côte zurückgekommen?«

»Ja. Stell dir vor, sie ist ganz kurz nach dem Unfall an

die Unglücksstelle gekommen. Sie war praktisch eine der Ersten, die ohnmächtig mit ansehen mussten, wie der Bus lichterloh brannte und kein Mensch etwas unternehmen konnte. Du kannst dir denken, wie das für sie war – mit den beiden Kindern im Wagen. Sie war so außer sich, als sie nach Hause kam, dass wir sie ins Bett bringen muss-ten …«

Lambert fand keine passende Antwort. Der Gedanke, dass seine Schwägerin kaum zwei oder drei Kilometer hinter ihm her gefahren war und eventuell vom höchsten Punkt der Steigung seinen Citroën erkannt haben könnte, erschreckte ihn.

»Ich komme nicht spät, aber du brauchst nicht auf mich zu warten. Willst du noch ausgehen?«

»Ich glaube nicht.«

»Also, bis bald. Victor fährt mich nach Hause.«

Jeanne und ihr Mann – er war Angestellter bei der Ge-meindeverwaltung – waren von allen in der Familie am schlechtesten gestellt. Sie waren die Letzten gewesen, die es zu einem Auto, einem gebrauchten 4CV, gebracht hat-ten, und die Fahrt im eigenen Wagen hatte für sie noch etwas Aufregendes.

Lambert setzte sich allein zum Essen, und Angèle er-schien mit der Suppenschüssel. Zerstreut schöpfte er sich, ohne das Mädchen zu beachten.

»Hat Monsieur schon die neuesten Nachrichten im Radio gehört? Sie bringen jetzt alle halbe Stunde einen Sonderbericht.«

Er merkte gar nicht, dass er aß und dass ihm die heiße Suppe guttat.

»Die Polizei meint, dass die Katastrophe von jemandem verschuldet wurde, der betrunken am Steuer saß. Das Auto ist im Zickzack über die Straße gefahren, und als der Busfahrer versucht hat, ihm auszuweichen …«

Er blickte zu ihr hoch. Wie sie wohl reagieren würde, wenn er ihr jetzt erklärte:

›Der Personenwagen, das war meiner; aber betrunken war ich nicht.‹

Sie würde ihn zweifellos in Grund und Boden verdammen – umso mehr, als sie ihm gegenüber stets eine Art mitleidiger Verachtung an den Tag gelegt hatte. Sie verachtete die Männer ganz allgemein und ihn im Besonderen. In ihren Augen waren sie alle Monster; und er war ein Monster, das nicht zurechnungsfähig war.

Mit ihren vierzig Jahren wirkte sie unweiblich, ohne den geringsten Reiz. Ob sie jemals die Blicke der Männer angezogen hatte? Offenbar schon, denn sie hatte ein Kind, einen inzwischen etwa zwölfjährigen Jungen, den sie auf einem Bauernhof weit weg von der Stadt, über vierzig Kilometer entfernt, in Pflege gegeben hatte.

Sie hatte diesen Sohn nie erwähnt, auch Nicole gegenüber nicht. Nicole hatte es durch Zufall erfahren, und sie hatte ihrerseits keinen Ton zu Angèle gesagt.

Seither stellten Männer für Angèle wohl eine verabscheuungswürdige Gattung dar, vor allem Männer vom Schlag ihres Arbeitgebers. Gleichzeitig hatte sie aber auch etwas gegen »die Reichen« und hegte möglicherweise für Nicole nicht viel freundlichere Gefühle.

In ihren Augen war die Welt von Millionen von Sündern bevölkert, denen nur wenige Gerechte – wie sie selbst – gegenüberstanden. Und diese wenigen mussten zwangsläufig den anderen zum Opfer fallen und würden erst im Jenseits belohnt.

»Er hat nicht angehalten, um den unschuldigen Kinderchen zu Hilfe zu kommen, und hatte noch nicht mal den Anstand, Alarm zu schlagen. So musste der alte Despujols zu Fuß bis nach Saint-Marc gehen, von wo aus man endlich in der Stadt anrufen konnte. Solche Menschen – ich frage mich, was man mit denen machen sollte.«

Sie brachte das mit so viel Leidenschaft vor, dass er einen Augenblick befürchtete, sie habe irgendwelche Hintergedanken. Ob im Radio bereits von einem Citroën DS19 die Rede gewesen war?

»Ich bringe Ihnen Ihr Kotelett.«

Er verzehrte das Kotelett, wie er vorher die Suppe gegessen hatte. Dabei beobachtete er Angèle aus dem Augenwinkel. Wenn sie nicht auf ihn einredete, bewegte sie stumm die Lippen wie eine Betschwester. War das Ereignis für Frauen wie sie nicht eine unverhoffte Gelegenheit, sich mitzuteilen? Gab es hier in der Stadt und anderswo nicht Hunderte ihres Schlags, für die die Tragödie vom Château Roisin ein willkommener Anlass war, ihre angestauten Aggressionen einmal herauszulassen?

Er hatte Nicole gesagt, dass er nicht mehr ausgehen wolle, und das stimmte auch. Als er mit dem Abendessen fertig war, ging er in den Salon hinüber. Er war kurz davor, das Radio anzustellen, und hatte den Knopf schon angedreht. Die Skala leuchtete auf, aber da verließ ihn der Mut. Er drehte rasch wieder ab und ließ sich in seinen Sessel fallen.

Sie gingen selten aus, seine Frau und er. Zweimal in der Woche gingen sie zum Bridge bei Freunden. Nicole spielte nicht und hatte deshalb immer ihr Strickzeug dabei. Ansonsten aber verbrachten sie die Abende zu zweit und tauschten dabei kaum ein Dutzend Sätze aus. Nicole strickte fast immer, für Arme und Notleidende; sie nahm an allen Wohltätigkeitsveranstaltungen teil, die es in der Stadt gab. Er blätterte währenddessen in einer Illustrierten, las Zeitung und manchmal auch ein Buch. An manchen Abenden stand er, wenn er es nicht mehr aushielt, abrupt auf und ging eine Viertelstunde am Quai spazieren.

Es hatte zwischen ihnen nie ernsthafte Auseinandersetzungen oder heftige Szenen gegeben. Die Leere hatte sich ganz unmerklich ausgebreitet.

Als er sie geheiratet hatte, war sie, wie ihre drei Schwestern, ein hübsches junges Mädchen gewesen, das das Leben eher von der heiteren Seite nahm. Er hatte gedacht, es wäre angenehm, das Leben mit ihr zu verbringen.

Doktor Fabre, ihr Vater, war ein Lebemann, und in ihrem Elternhaus herrschte eine freundliche und gelöste Atmosphäre, voller Getuschel und Gelächter.

Er hätte nicht sagen können, was eigentlich geschehen war. Im Grunde genommen war nichts geschehen: Der zündende Funke zwischen ihnen war einfach ausgeblieben. Nicole war nicht seine Ehefrau geworden, sie war die Tochter ihrer Familie geblieben.

Er wagte die Ehemänner der anderen Fabre-Töchter nicht danach zu fragen, wie sie mit ihren Frauen zurechtkamen. Barlet, der Versicherungsmann, wirkte nicht unglücklich; allerdings war er fast drei Wochen im Monat auf

Reisen. Soubise, der mit Düngemitteln handelte, dachte nur ans Geldverdienen, und Nazereau, der auf der Gemeindeverwaltung arbeitete und mit Jeanne, der Jüngsten, verheiratet war, schien hocherfreut, wenn er abends eine oder auch mehrere Schwägerinnen zu Hause antraf.

Nicole machte ihrem Mann nie Vorwürfe, wenn er allein ausging und erst spät in der Nacht zurückkam. Wahrscheinlich wusste sie von ihren Schwestern über die meisten seiner Seitensprünge Bescheid, machte jedoch nie Anspielungen.

Nur einmal, vor etwa vier Jahren, nach einer seiner Mädchengeschichten, die in der Stadt einen ziemlichen Wirbel verursacht hatte, hatte sie ganz einfach zu ihm gesagt, als er zu ihr ins Bett kommen wollte:

»Nein, Joseph. Das nicht. Jetzt nicht mehr.«

Sie hatte nicht geweint, und er war überzeugt, dass sie nicht darunter gelitten hatte, vielleicht sogar erleichtert gewesen war. Sie hatten keine getrennten Schlafzimmer, das bot sich in der Wohnung nicht an. Jeder hatte eben sein Bett, und abends zogen sie sich in aller Selbstverständlichkeit voreinander aus. Wenn er einmal krank war, kümmerte Nicole sich um ihn.

Vielleicht hätte sie seinen Bruder Marcel heiraten sollen? Und ob vielleicht Marcels Frau mit ihm, Joseph, glücklicher geworden wäre?

Wozu darüber nachdenken? Dass Nicole an diesem Abend nicht da war, machte ihm das Haus jedenfalls unerträglich. Er stand auf, nahm seinen Hut und ging in die Küche, wo Angèle gerade mit dem Geschirrspülen fertig wurde.

»Falls Madame vor mir zurückkommt, sagen Sie ihr, dass ich ein wenig an die frische Luft gegangen bin.«

»Wollen Sie etwa hingehen? Das werden Sie nicht schaffen. Von überallher kommen Hunderte von Wagen, und die Polizei hat die Straße sperren müssen.«

Er ließ das Auto stehen. Er wollte wirklich nur die frische Nachtluft einatmen und etwas zur Ruhe kommen. Er dachte an zu viele verschiedene Dinge auf einmal. Sein Gehirn arbeitete zu schnell, wie ein Motor, der zu hochtourig läuft. Es beängstigte ihn geradezu körperlich.

Eine ganze Weile blieb er am Kanal stehen und blickte aufs Wasser. Er sah, dass ein zweiter Frachtkahn, ohne Lärm zu verursachen, neben dem anderen festgemacht hatte. Wie sie da so, dunkel bis auf die matte Brückenbeleuchtung, nebeneinander auf dem unbewegten Wasser ruhten, vermittelten sie ein seltsames Gefühl des Friedens und der Geborgenheit.

Die Frauen und die Kinder waren schlafen gegangen. Dennoch drang in der Stille der Nacht Stimmengemurmel zu ihm herüber, und als seine Augen sich an die Dunkelheit gewöhnt hatten, konnte er zwei Männer erkennen, die beim Steuerruder saßen, das heißt, er sah leuchtend weiße Hemdsärmel und den rotglühenden Punkt einer Zigarette.

Unentschlossen wandte er sich in Richtung Rue de la Ferme. Aus fast allen Häusern drangen Radiogeräusche. An der Ecke einer Sackgasse befand sich eine kleine, kaum erleuchtete Kneipe; es standen nur zwei Gäste an der Theke und unterhielten sich mit dem Wirt.

Er wäre gerne hineingegangen, hätte sich gern etwas

zu trinken bestellt und an ihrem Gespräch teilgenommen. Oder auch nur zugehört. Jedenfalls hatte er plötzlich das Bedürfnis nach menschlichem Kontakt, ganz gleich was für einem. Aber er wusste, was passieren würde, wenn er diesem Verlangen nachgab. Er würde es nicht bei einem Glas bewenden lassen. Er würde ein Glas nach dem anderen trinken, um seine Nervosität in den Griff zu bekommen. Stattdessen würde er jedoch geschwätzig werden; er würde sich ereifern und vielleicht sogar das unwiderstehliche Bedürfnis haben, den anderen alles zu beichten.

Das war ihm nämlich schon passiert, allerdings wegen kleiner Verfehlungen, über die andere Männer nicht einmal nachdachten.

Er hatte das Ende der fast menschenleeren Straße erreicht, bog um die Ecke und gelangte in die schmale Rue du Vieux-Marché, eine der ältesten Straßen der Stadt, wo sich ein Laden an den anderen reihte. Tagsüber wimmelte es hier von Menschen, und auch jetzt war es noch recht belebt. Ein kleines Lebensmittelgeschäft und ein Stück weiter ein schwach erleuchteter Kräuterladen hatten noch nicht geschlossen. Man ahnte, dass in den dunklen Durchgängen Leben war, und man hörte die Stimmen von Männern und Frauen, die sich von Fenster zu Fenster unterhielten.

»Die Polizei geht davon aus, dass sie den Wagen schon bald identifizieren wird ...«

Das hörte er im Vorbeigehen. Es war der charakteristische Tonfall eines Nachrichtensprechers. Er blieb nicht stehen, um die Meldung zu Ende zu hören.

›Umso besser!‹, war sein erster Gedanke.

Damit wäre die Sache wohl schnell ausgestanden. Er würde nichts zu seiner Verteidigung sagen. Er war fest entschlossen, keinerlei Erklärung abzugeben.

Was riskierte er schon? Das Gefängnis? Würde er denn das abendliche Zusammensein mit Nicole so sehr vermissen? Oder die Bridgepartien am späten Nachmittag im Café Riche? Die Tatsache, dass er von Zeit zu Zeit das Bedürfnis hatte, sich völlig danebenzubenehmen, war doch der beste Beweis dafür, dass ihm das alles zum Hals heraushing.

Er überlegte, warum er eigentlich Fahrerflucht begangen hatte. Er hatte in Panik gehandelt, es war ein körperlicher Reflex gewesen. Sein erster und alles andere dominierender Gedanke war gewesen, dass er *das alles nicht sehen wollte*. Er wäre dazu nicht fähig gewesen. Gerade weil er sich seiner Schuld bewusst war.

Und jetzt? Wenn er ehrlich war, musste er sich eingestehen, dass es die nackte Angst war, die ihm so zusetzte. Er spürte förmlich, wie in der Stadt und sicherlich im ganzen Land eine Welle des Hasses aufstieg gegen diesen Mann, dem man noch keinen Namen geben konnte. Wenn er sich stellen würde, könnte das den Zorn der Menge besänftigen?

Kein Mensch, dessen war er sich sicher, würde den nötigen Gleichmut aufbringen und seinen Fall gerecht und unparteiisch beurteilen. Nicht einmal seine Freunde aus dem Café Riche. Aber in ein paar Tagen vielleicht, wenn die Wogen sich etwas geglättet hätten?

Er wagte nicht, den entgegenkommenden Passanten ins

Gesicht zu sehen. Die paar Satzfetzen, die er im Vorüber-
gehen aufschnappte, waren alles andere als beruhigend.

Die Wogen der Erregung schlugen hoch und wurden
durch die halbstündlichen Rundfunkmeldungen eher auf-
gepeitscht als geglättet.

Als er an der Rue Drouet, einer ruhigen Seitenstraße,
vorbeikam, war er versucht, bei Louise anzuklopfen und
ihr – vielleicht – alles zu erzählen. Wäre sie nicht in der
Lage gewesen, ihn zu verstehen?

Louise war zwanzig Jahre lang die Freundin, genauer
gesagt die Geliebte, seines Vaters gewesen. Die ganze
Stadt wusste das.

Hatte sein Vater eigentlich mehr Glück gehabt als er?
Lambert wollte sich kein Urteil über seine Mutter anma-
ßen; für ihn war sie immer nur die Mutter gewesen, und er
hatte ihr nichts vorzuwerfen. Sie hatte sich ihr Leben lang
abgerackert, ohne sich zu beklagen, hatte den Haushalt
geführt, die Kinder großgezogen und auf alles ein Auge
gehabt, war abends als Letzte zu Bett gegangen und morgens als Erste aufgestanden. Sie hatte die anderen gepflegt
und sich selbst nie geschont.

Als die Eltern geheiratet hatten, war die Mutter Ar-
beiterin in der Spinnerei gewesen und der Vater Maurer.
Später war das inzwischen umgebaute Haus entstanden,
etwa zur selben Zeit wie der Bauhof am Quai Colbert mit
seinen Schuppen, Lagerplätzen und Werkstätten, der sich
ständig vergrößert hatte und jetzt – gleichsam als Hul-
digung an den Firmengründer – das stolze Firmenschild
»J. Lambert Söhne« trug.

Warum hatte der Vater, als er etwa fünfzig war, sich

eine Geliebte genommen, obwohl seine Frau noch ganz jugendlich war? Sein ältester Sohn war der Einzige in der Familie, der ohne Groll oder Beschämung darüber sprach. Marcel zum Beispiel vermied jegliche Anspielung auf Louise; als sie bei der Beerdigung des Vaters erschien, hatte er demonstrativ den Blick abgewandt.

Man tat so, als habe Louise nur aus materiellem Interesse gehandelt, obwohl alle wussten, dass das nicht stimmte. Als der Vater Louise kennengelernt hatte, war sie Stenotypistin bei Aubrun, dem Notar, gewesen und war dort auch bis zu dessen Tod geblieben. Sie musste damals um die dreißig gewesen sein, also zwanzig Jahre jünger als ihr Liebhaber. Sie hinkte ein wenig, war aber trotzdem anziehend; vor allem ihre Augen waren schön, ebenso ihre Schultern, um die sie die Frauen beneideten.

»Jedenfalls hat er ihr ein Haus gebaut«, hieß es abfällig, wenn die Sprache auf sie kam.

Das stimmte. Als Lambert einige Jahre mit ihr liiert gewesen war, hatte er ihr in der Rue Drouet ein Häuschen gebaut. Aus Zärtlichkeit oder einfach zum Vergnügen hatte er es so phantasievoll gestaltet, dass es wie ein Spielzeug aussah.

Beim Tod des Vaters hatte man damit gerechnet, dass er Louise im Testament bedacht hatte. Das war aber nicht der Fall gewesen, und Louise, die jetzt über fünfzig war, arbeitete immer noch bei einem Anwalt in der Rue Lepage – dort, wo sie nach dem Tod von Maître Aubrun neu angefangen hatte.

Lambert hatte sie stets gegrüßt, wenn sie ihm auf der

Straße begegnet war. Kurz nach der Beerdigung des Vaters hatte er sie zum ersten Mal zu Hause besucht, um sich zu vergewissern, dass sie nicht in Not war; er fand, sie sei ungerecht behandelt worden. Als er sie damals so in ihrer häuslichen Umgebung erlebte, meinte er seinen Vater zu verstehen.

»Könntest du bitte von etwas anderem reden?«, war Marcel ihm unwirsch ins Wort gefallen, als er ihn am nächsten Tag darauf ansprach.

Vielleicht lag es daran, dass Marcel mehr auf die Mutter hinauskam?

Joseph indessen schlug seinem Vater nach. Er hatte dessen gedrungenen und muskulösen Körper, die derben Gesichtszüge und die gleiche fleischige und leicht glänzende Nase.

»Was machst *du* denn hier?«

Wie ertappt schreckte er zusammen; er hatte die Stimme von Lescure, mit dem er eben erst beim Aperitif gesessen hatte, nicht erkannt.

»Nichts, gar nichts«, brachte er stotternd hervor. »Ich bin ein wenig an der frischen Luft, sonst nichts.«

»Und ich bin auf dem Weg nach Hause. Ich komme gerade von der Place de l'Hôtel-de-Ville. Ein Betrieb, kann ich dir sagen! Wetten, dass die die ganze Nacht dort herumstehen? Benezech ist wütend über diese Hysterie, die die Polizei am Arbeiten hindert. Übrigens, was den Freund von Weisberg betrifft …«

»Ja …«

»Es ist alles gut! Er ist vor Freude völlig außer sich. Er hat geweint am Telefon; kein Wort hat er mehr herausgebracht. Sein Junge sitzt im zweiten Bus, dem, der inzwischen in Montargis eingetroffen ist und der morgen in Paris sein wird.«

Lescure wohnte ganz in der Nähe in einem alten Haus mit Innenhof, das aus dem 17. Jahrhundert stammte. Über dem prunkvollen Eingang waren noch die alten Wappen zu sehen.

»Gehst du auch dorthin?«, fragte er.

»Ich gehe eigentlich nirgendwohin«, antwortete Lambert.

»Alles in Ordnung bei dir?«

Der Gedanke, dass man bemerkte, dass bei ihm etwas nicht stimmte, beunruhigte Lambert. Fast hätte er kehrtgemacht und wäre nach Hause gegangen. Er verabschiedete sich von Lescure, den er von der Schulzeit her kannte.

»Gute Nacht.«

»Gute Nacht. Dann bis morgen?«

»Ja, sicher.«

Selbst das schlichte Wort »morgen« hatte jetzt einen besonderen Klang. Wo er morgen wohl sein mochte? Der Ziegenmann war am Spätnachmittag so gut wie immer irgendwo am Straßenrand unterwegs – hatte er ihn erkannt? Den Rundfunkmeldungen war zu entnehmen, dass die Polizei eine Spur verfolgte. Wenn sie nach *ihm* suchten, wären sie dann nicht schon bei ihm zu Hause aufgetaucht? Und hätte Benezech dann nicht bei Lescure, mit dem er eng befreundet war, eine entsprechende Andeutung gemacht?

Die technischen Sachverständigen hatten inzwischen wahrscheinlich herausgefunden, dass der gesuchte Wagen ein Citroën DS 19 war, der einzige Wagentyp, bei dem der Radstand vorne größer war als hinten. Andererseits gab es bestimmt um die fünfzig Wagen dieses Typs hier in der Gegend. Ob sich trotz des anhaltenden Regens noch Reifenabdrücke hatten feststellen lassen?

Die Frage beschäftigte ihn. Er hatte vier Monate zuvor, zu Beginn des Sommers, alle vier Reifen auswechseln lassen und dafür ein gängiges Fabrikat genommen.

Dies war aber nicht die einzige Möglichkeit, genau genommen gab es so viele, dass er sie gar nicht alle bedenken konnte. Wie hätte er zum Beispiel ahnen sollen, dass seine Schwägerin Jeanne in so kurzem Abstand hinter ihm fuhr? Und was war mit der Tankstelle mit den vier oder fünf Zapfsäulen, die etwa fünf Kilometer vom unteren Ende der Grande Côte entfernt an der Kreuzung lag, wo es zum Renondeau-Hof ging?

Vielleicht hatte ihn ein Tankwart kurz vor dem Bus vorbeikommen und in Richtung des Château Roisin weiterfahren sehen? Er war langsam gefahren, und ebendarum hatte er den Wagen im entscheidenden Moment nicht in der Gewalt gehabt. Edmonde hatte nicht geredet. Er auch nicht. Er war sich jetzt beinahe sicher, dass er ein erstes und ziemlich weit entferntes Hupen als Warnsignal wahrgenommen hatte, als etwa die Hälfte der Grande Côte hinter ihm lag.

Er musste dieses Hupen registriert haben, sonst wäre es ihm nicht im Gedächtnis geblieben. In dem betreffenden Augenblick jedoch hatte er nicht darauf geachtet; er hatte nicht reagiert. Irgendein Reflex musste bei ihm ausgefallen sein, und damit hatte sich der Unfall bereits angebahnt. Er hatte das Hupen zwar wahrgenommen, aber wie ein vertrautes Geräusch, das einen nicht weiter berührt, so, wie er zum x-ten Mal an dem Ziegenmann vorbeigefahren war, ohne ihn zu sehen.

Er war nicht betrunken gewesen. Renondeau hatte zwar darauf bestanden, dass er mit ihm in den Weinkeller ging und einen Weißwein trank, aber das zweite Glas hatte er abgelehnt. Außerdem hatte er auch schon mal zwei, ja sogar drei Flaschen getrunken, ohne dass er benommen oder in seiner Fahrweise beeinträchtigt gewesen wäre.

Natürlich gab es da noch etwas, aber das ließ sich kaum in Worte fassen. Vielleicht würde sich jemand an seine diversen Abenteuer erinnern, besonders an das eine, das Nicole dazu bewogen hatte, ihm ihr Bett zu verbieten. Die Sache hatte sich in einer Nacht abgespielt, in der er wirklich stark getrunken und hinterher eine Nutte ins Hôtel de l'Europe mitgenommen hatte. Er hatte gewusst, dass sie ziemlich billig war; sie war eine der insgesamt vier oder fünf, die allabendlich in den Straßen um das Hôtel de Ville herumstrichen.

Die Kleine hatte es zu weit getrieben, das war alles – sei es, dass sie ihn schlecht kannte oder dass ihr jemand gesagt hatte, man könne ihn ausnehmen, sobald er betrunken sei. Der Gedanke, dass man ihn für so einfältig hielt, hatte ihn derart in Rage gebracht, dass er ihr einen Tritt in den Hintern gegeben und sie splitternackt auf den Flur hinausgeworfen hatte.

Mit Benezechs Hilfe hatte sich die Sache dann wieder eingerenkt. Immerhin war er dadurch zum Stadtgespräch geworden, und Marcel hatte ihm wochenlang spöttische Blicke zugeworfen.

Was die Leute nicht alles über ihn tratschten! Er bot ihnen allerdings auch reichlich Stoff und bemühte sich nicht einmal, etwas zu vertuschen. Im Gegenteil, oft legte er es bewusst darauf an, die Leute zu schockieren, diese »spießigen Arschlöcher«, wie er einmal sagte.

Vielleicht würde man auch darauf hinweisen, dass er keine Kinder hatte, das erkläre doch zum Teil seine Gefühllosigkeit, seine Flucht.

Möglicherweise lag es an ihrer Kinderlosigkeit, dass Nicole und er kein richtiges Ehepaar waren. Das war allerdings ein Punkt, den man besser nicht berührte, wenn er in schlechter Stimmung war.

Die anderen räumten zwar ein – oder taten zumindest so –, dass Nicole offenbar unfruchtbar war. Ihre drei Schwestern hatten jedoch Kinder, und er fragte sich, ob das etwas zu bedeuten hatte. Im tiefsten Innern hatte ihm das immer zu schaffen gemacht, und er hatte sich schon weiß Gott wie oft vorgenommen, den Dingen auf den Grund zu gehen und sich den entsprechenden Untersuchungen zu unterziehen, um endlich Klarheit zu haben.

Aber dann hatte er im letzten Moment gekniffen. Er hatte Angst. Zugegeben hätte er das jedoch um nichts in der Welt. Er hatte sich oft gefragt, ob andere, seine Frau zum Beispiel, das nicht auch schon in Erwägung gezogen hatten, und allein der Gedanke machte ihn wütend oder krank.

Sein Bruder Marcel hatte ganz bestimmt schon daran gedacht. Lambert sah die Szene immer noch vor sich: An einem Sonntagvormittag hatte er mit nacktem Oberkörper und seiner stark behaarten Brust im Garten gestanden und zum Spaß ein paar schwere Balken in die Höhe gestemmt.

Marcel hatte ihm dabei zugeschaut und mit geheuchelter Bewunderung gezischt:

»Ein richtiger Mann, was?«

Die kleine Vorführung war für Marcels Sohn bestimmt gewesen, da Lambert ja keine Kinder hatte, denen er mit seiner Kraft hätte imponieren können.

»Ein richtiger Mann, was?«

Die Uhr des Hôtel de Ville, die sich hoch oben wie eine rötliche Mondscheibe vom dunklen Turm abhob, schlug gerade halb zehn, als er auf dem Platz ankam, der fast so belebt war wie an einem Wahlabend. Das Café Riche war gerammelt voll. Auch auf der Terrasse, wo sie die Markise hochgekurbelt hatten, seit es nicht mehr regnete, war kein Platz mehr frei.

Die Luft war feucht und wärmer als an den vorangegangenen Abenden. Im Hôtel de Ville waren immer noch alle Fenster erleuchtet, und die Menschen, zu zweit oder in kleinen Gruppen unterwegs, drängten sich vor allem vor den Büros der Lokalzeitung. Dort waren schon Fotos an die Scheibe geklebt: Aufnahmen von dem Bus nach dem Unfall. Einige Fotos zeigten auch den Unterpräfekten und den Präfekten sowie eine Gruppe von Sachverständigen, die sich auf der Straße zu schaffen machten. Außerdem Benezech in Begleitung des Inspektors der Gendarmerie.

Ein maschinengeschriebener Text in einem Aushang enthielt weitere Meldungen.

Doktor Poitrin und Doktor Julémont kämpfen immer
noch um das Leben der kleinen Lucienne Gorre.
Das Kind hat bereits zwei Bluttransfusionen
bekommen. Inzwischen haben sich im Krankenhaus
so viele Blutspender eingefunden, dass die
Bevölkerung durch den Rundfunk aufgefordert
wurde, sich nicht mehr herzubemühen.

Auf einem anderen Blatt, das von einem schwarzen Band umgeben wurde und dadurch wie eine Todesanzeige aussah, waren Namen, Alter und Adressen der Opfer verzeichnet. Sie kamen alle aus Paris, aus dem 14. Arrondissement, denn das Ferienlager gehörte einer dortigen Schule.

Über Funkbild war auf einem weiteren Anschlag zu lesen.

Darunter hingen weitere Fotos, die ziemlich verschwommen waren und dadurch noch düsterer wirkten. Sie zeigten die Eltern, die sich auf dem Pariser Schulhof versammelt hatten und auf neue Meldungen warteten. Dort regnete es offenbar auch, denn manche hatten den Schirm aufgespannt.

Lambert blieb in der hintersten Reihe. Er starrte wie hypnotisiert auf die makabre Ausstellung von Bildern und Texten und spürte die Stöße nicht, die er von allen Seiten erhielt. Sein besonderes Interesse galt einem Bild, das bereits vergrößert worden war.

Rekonstruktion des Unfalls.

Das Foto zeigte nur die Straßenoberfläche, auf der sich der Staub im Regen aufgelöst und eine schmierige Schicht gebildet hatte. Die Reifenabdrücke des Citroën und seine Fahrspur waren deutlich zu erkennen. Auch die Busspuren – diese Reifenspuren waren breiter und hatten ein stärkeres Profil – ließen sich bis zum Aufprall am Baum verfolgen. Auf einem weiteren Foto war der stark mitgenommene Baumstamm abgebildet.

Demnach wussten sie also schon, dass der Unglücksfahrer auf der Höhe des Château Roisin nicht auf der Landstraße weitergefahren, sondern rechts in Richtung Galinière abgebogen war. Sie mussten ja nur die Reifenspur auf dem Asphalt verfolgen. Wie weit mochte sie diese Spur geführt haben? Der Chemin de la Galinière hatte keine Asphaltdecke, sondern einen feinkörnigen Belag. Ob wohl der Regen den Abdruck der Reifen weggewischt hatte, bevor man daran gedacht hatte, ihn weiterzuverfolgen?

In den Meldungen wurde davon nichts erwähnt, was jedoch nichts zu bedeuten hatte. Im Gegenteil, dieses Aussparen konnte ein bedrohliches Zeichen sein.

Plötzlich riss er überrascht die Augen auf. Da er am äußersten Rand des Gehwegs stand, schob sich der stete Strom der Passanten direkt vor ihm auf dem schmalen Gang vorbei, den die vor den Zeitungsbüros versammelte Menge freigelassen hatte. Was er da sah, hatte an sich nichts Ungewöhnliches, kam für ihn in diesem Augenblick jedoch völlig unerwartet.

Im Strom der Vorbeiflanierenden gingen langsam zwei Frauen vorbei. Sie hatten sich untergehakt, und er sah, wie sie flüchtig, ohne stehen zu bleiben, zum Aushang der Zeitung hinüberblickten. Es war Edmonde Pampin mit ihrer Mutter. Edmonde war blass wie immer, wirkte aber ruhig und völlig entspannt. Die beiden bemerkten ihn nicht. Die Mutter war kleiner als ihre Tochter, um Taille und Hüften breit und ausladend. Sie waren alle beide ohne Hut ausgegangen, wie zu einem geruhsamen sonntäglichen Bummel vor dem Schlafengehen.

Er hätte nicht sagen können, warum ihr Erscheinen ihn derart aus der Fassung brachte. Vielleicht lag es an Edmondes Gelassenheit? Daran, dass sie den Fotos nur einen zerstreuten Blick zugeworfen hatte? Wenn man die beiden so sah, waren sie zwei ganz gewöhnliche Frauen in der Menge; Mutter und Tochter, die an einem außerordentlich milden Septemberabend frische Luft schnappten.

Am liebsten hätte er ihr ein Schimpfwort ins Gesicht geschleudert, um seiner Erbitterung Luft zu verschaffen. Das unflätigste Wort, das ihm gerade in den Sinn käme. Machte sich dieses Mädchen, das da mit einem Madonnengesicht einherwandelte, überhaupt nicht klar, was das alles bedeutete? Oder war sie einfach zu dumm?

Der Ausspruch des jungen Maurers fiel ihm wieder ein: *»Sie hat was von einer Kuh!«*

Eine Welle des Hasses stieg in ihm hoch und schnürte ihm die Kehle zu. Es gelang ihm, sich von seinem Fleck auf dem Gehweg loszureißen, und er entfernte sich in entgegengesetzter Richtung.

Er wollte jetzt doch etwas trinken, egal, was danach passierte. Er ging jedoch nicht ins Café Riche, das überfüllt war; außerdem saßen zu viele Bekannte da. Er ging weiter bis zur Rue Neuve, wo er die erstbeste Bar betrat.

Auch hier waren mehr Gäste als üblich; die meisten

sahen jedoch einem Boxkampf zu und starrten auf den Bildschirm eines Fernsehers, der so aufgestellt war, dass man ihn von zwei Räumen aus sehen konnte.

»Was darf es denn sein, Monsieur Lambert?«

Der Wirt kannte ihn, denn er war hier oft hängengeblieben, bis das Lokal zumachte. Und er hatte hier auch schon ab und zu ein Mädchen abgeschleppt. Das Hôtel de l'Europe, wo er damals den Skandal verursacht hatte, lag nur zwei Schritte entfernt.

»Einen Marc!«

Er mochte den Marc wegen seines starken Geruchs und weil es der härteste Schnaps war. Er hatte Lust, zu provozieren, zu protestieren, eine Art Glaubensbekenntnis abzulegen. In Augenblicken wie diesen blickte er um sich und legte los:

»*Saubande!*«

»Alles in Ordnung, Monsieur Lambert?«

»In Ordnung, Victor.«

»Haben Sie gesehen, was in der Stadt los ist wegen dieser Geschichte?«

»Ja, hab ich.«

»Das Tollste kommt erst noch, wenn Sie mich fragen.«

Victor sah auf die Uhr an der gegenüberliegenden Wand.

»In einer Dreiviertelstunde kommt der Nachtzug aus Paris mit den Angehörigen. Sieht so aus, als ob schon über fünfhundert Schaulustige am Bahnhof stehen, um dabei zu sein.«

»Verdammte Scheiße!«

»Wie?«

Er hatte den Fluch zwischen den Zähnen hervorgestoßen. Wütend griff er nach dem Schnaps und kippte ihn in einem Zug hinunter.

»Ach, nichts. Das Gleiche noch mal!«

»Ich möchte nicht in der Haut dieses Burschen stecken. Wetten, dass nach zehn Minuten nichts mehr von ihm übrig wäre, wenn er der Menschenmenge auf dem Platz vorgeworfen würde?«

Victor hatte schon allerhand mitbekommen in seinem Leben. Ob er vielleicht Verständnis aufbringen könnte?

»Natürlich muss man sich in die Lage der Angehörigen versetzen«, fuhr Victor fort. »Aber ich …« – er senkte jetzt die Stimme –, »ich versetze mich auch in die Lage dieses Mannes. Ich hab so einiges an Unfällen mitgekriegt im Lauf der Jahre. Und wer beweist uns denn, dass …«

»Klappe, Victor!«

Einer der Gäste hatte sich erbost nach dem Wirt um-gedreht.

»Ich habe doch nur angedeutet, dass manche Leute …«

»Klappe, hab ich gesagt! Verstanden?«

Victor schwieg daraufhin und warf Lambert einen viel-sagenden Blick zu, der zu bedeuten schien:

›Was soll's!‹

Der Mann, der Victor so kategorisch zum Schweigen gebracht hatte, gehörte zu den zweifelhaftesten Subjekten der Stadt; ein ehemaliger Boxer, der auf den Jahrmärkten in der Umgebung auftrat und schon oft mit der Polizei in Konflikt geraten war. Zuvor hatte er gespannt den Boxkampf auf dem Bildschirm verfolgt. Eine einzige An-spielung auf den Unglücksfahrer hatte genügt, um ihn in Harnisch zu bringen.

An einem Tischchen bei der Tür saßen zwei Nutten und schauten mit ausdrucksloser Miene vor sich hin. Lambert kannte sie vom Sehen, und auch sie wussten höchstwahrscheinlich, wer er war. Die eine – sie hatte einen Goldzahn – lächelte ihm zu, als ihre Blicke sich trafen.

Er war einen Moment in Versuchung. Nicht etwa, dass er Lust auf sie gehabt hätte. Es war, wie beim Marc, aus Protest. Warum sollte er an dem Punkt, an dem er jetzt angelangt war, nicht etwas ganz und gar Schändliches tun? Das würde »sie« mal wieder gegen ihn aufbringen; sein Bruder Marcel hätte recht behalten, und Angèle und ihresgleichen hätten allen Grund, ihn zu verachten.

Er malte sich aus, wie die Presseberichte am nächsten Tag aussehen würden:

Einheiten der Polizei haben die ganze Nacht über die Stadt auf der Suche nach einem gewissen Joseph Lambert durchkämmt, dem Urheber der Katastrophe vom Château Roisin. Der Flüchtige konnte schließlich in einem Hotelzimmer gefasst werden, wo er mit einem Flittchen angetroffen wurde.

Die meisten Verbrecher wurden doch an solchen Orten festgenommen, oder etwa nicht? Er hatte sich noch nie darüber Gedanken gemacht, doch jetzt begann er zu begreifen, warum.

Die Frau mit dem Goldzahn, die sein Zögern möglicherweise registriert hatte, öffnete jetzt ihre Handtasche und puderte sich, ohne ihn aus den Augen zu lassen.

»Noch einen, Victor«, sagte er.

»Für mich auch?«, flötete sie herüber.

Er zuckte die Achseln. Sollten sie doch so viel trinken, wie sie wollten, sie und ihre Freundin und all die anderen, die auf dem Platz herumflanierten, als ob sie auf dem Rummelplatz wären.

»Soll ich?«, fragte Victor.

»Von mir aus.«

Seine Frau war mit ihren Schwestern bei Jeanne; alle vier Fabre-Töchter vereint unter dem gerührten Blick dieses spießigen Dummkopfs Nazereau. Und natürlich waren sie alle zutiefst erschüttert! Genau wie die anderen braven Seelen in der Stadt, die jetzt einen Vorwand hatten, sich nach Herzenslust auszuweinen. Die Fotos allein reichten nicht. Sie mussten auch noch zum Bahnhof rennen, um den Schmerz der Eltern mitzuerleben.

»Geht es Ihnen nicht gut?«

Es war jetzt das zweite Mal, dass er das gefragt wurde. Und von Seiten eines Mannes wie Victor, der mehr Gespür hatte als Lescure, war das gefährlich.

»Wem geht es heute schon gut!«

»So etwas kann einen mitnehmen, was?«

Victor schwieg eine Weile. Dann fragte er:

»Haben Sie's sich auch angeschaut?«

»Nein.«

»Es sind ja einige hingegangen. Später, als sie aus allen Richtungen kamen, musste man Straßensperren errichten. Diejenigen, die es mit eigenen Augen gesehen haben, sind ganz krank zurückgekommen.«

»Noch einen!«, knurrte er.

Victor zögerte. Es war schon vorgekommen, dass er

Lambert in aller Freundschaft geraten hatte, doch lieber aufzuhören. Was hielt ihn diesmal davon ab?

»Sie wollen doch nicht etwa ...«, sagte Victor nur und beendete den Satz mit einem bedeutungsvollen Blick zu den beiden Frauen hinüber.

»Natürlich nicht.«

»Ist auch besser. Unter uns gesagt: Ich bin mir nicht sicher, ob sie gesund sind.«

›Wär mal was anderes, sich die Syphilis zu holen!‹, lag es Lambert auf der Zunge, aber er schluckte den Satz hinunter. Er spürte, dass er schleunigst nach Hause musste, wenn er nicht noch eine Dummheit begehen wollte. Er zahlte rasch und verließ das Lokal.

»Ich muss nach Hause, ich muss sofort nach Hause ...«, ermahnte er sich halblaut auf der Straße.

Er hatte alles so satt: seine Frau, seinen Bruder Marcel, Nutten mit Goldzähnen und Bridgespieler, die Stadt, die Journalisten und Fotografen; er hatte das Radio satt, und die Schaulustigen, die mit Unschuldsmiene umherliefen, die Frauen, die weinten, und die Victors, die gute Ratschläge erteilten. Und er hatte sich selber satt. Er hatte es satt, ein Mensch zu sein.

3

Als Lambert an dem Zaun entlangging, der das Betriebsgelände begrenzte, tauchte aus dem Dunkel eine Gestalt vor ihm auf. Er erschrak nicht, griff mechanisch in die Tasche, holte eine Zigarettenschachtel hervor und reichte sie Jouvion.

»Da, kannst es behalten.«

»Vielen Dank, Monsieur Lambert. Gute Nacht.«

Und der Nachtwächter verschwand wieder in seinem Reich aus Balken, Backsteinen und Lastwagen, in dem ganz hinten das matte Licht seiner Baracke schimmerte.

Das war schon zur Tradition geworden: Wenn Lambert abends nach Hause kam, gab er ihm zwei oder drei Zigaretten. Der Alte rauchte sie nicht, er kaute den Tabak. Mit seinem zerdrückten Hut und der viel zu weiten Jacke sah er aus wie ein Pariser Clochard, und wie ein Clochard stopfte er sich im Winter altes Zeitungspapier unter das Hemd, um sich warm zu halten, wenn er nachts seine Runden drehte.

Vielleicht war er wirklich einmal ein Clochard gewesen und hatte hier Sicherheit und Zuflucht gefunden. Er rasierte sich einmal jährlich, im Frühjahr, und am selben Tag ließ er sich auch die Haare schneiden. Er war wahrscheinlich der Einzige in der Stadt, der zu dieser Stunde noch nichts von dem Unglück wusste.

Die Wohnung war dunkel; nur durch den Spalt der Küchentür schimmerte Licht. Lambert traf dort Angèle an, sie saß kerzengerade auf einem Stuhl, den Kopf andächtig nach vorne geneigt und die Hände im Schoß gefaltet. Mit gesenktem Blick lauschte sie einem Hörspiel.

Sie fuhr zusammen, als er in der Tür stand.

»Madame ist noch nicht zurück«, sagte sie in einem Ton, als habe er sie bei etwas Verbotenem ertappt.

Er antwortete:

»Ist mir scheiß…!«

Er ging weg, ohne ein weiteres Wort zu sagen und ohne ihr gute Nacht zu wünschen. Er war überzeugt, dass er ihr damit etwas Gutes getan hatte. Sie brauchte das. Sie brauchte das Gefühl, der Härte anderer Menschen ausgeliefert zu sein. Deshalb verbrachte sie auch den Abend hier in der Küche auf einem unbequemen Stuhl, obwohl niemand sie gebeten hatte, aufzubleiben. Und selbst wenn sie das für ihre Pflicht hielt, so hätte sie doch das Radio mit in ihr Zimmer nehmen können, wo sie einen bequemen Sessel hatte oder sich auf ihr Bett legen konnte.

Er zog sich aus und ging kurz ins Badezimmer hinüber, wo er sich streng im Spiegel musterte. Dann legte er sich ins Bett und versank rasch in einen bleiernen Schlaf, hatte aber immer noch den Marc-Geschmack im Mund. Später, als das Licht noch einmal angeknipst wurde, sah er zwischen den Lidern hindurch, wie Nicole sich ebenfalls auszog. Als sie zu ihm herüberschaute, tat er, als schliefe er, um nicht mit ihr reden zu müssen. Und schlief tatsächlich wieder ein, noch bevor sie sich hingelegt hatte. Erst gegen sechs Uhr wachte er wieder auf.

Wie sein Vater brauchte er keinen Wecker und war frühmorgens gern als Erster im Hause auf. Geräuschlos und ohne Licht zu machen, zog er dann Hemd, Hose und eine alte Jacke über und ging in die Küche, wo er sich seinen Kaffee aufbrühte. Er hatte keinen schweren Kopf, so etwas kannte er nicht. Da war nur der Nachgeschmack von Marc, der sich mit der ersten Tasse Kaffee und der ersten Zigarette verlor.

Anfangs hatte Angèle unbedingt vor ihm aufstehen und ihm den Kaffee machen wollen, was für sie ein Grund mehr gewesen wäre zu denken, dass sie ausgebeutet wurde. Wochenlang war sie schon vor ihm in der Küche gewesen, und er musste sehr ärgerlich werden, damit sie ihm nicht weiterhin den besten Augenblick des Tages verdarb.

Der Himmel war verhangen wie tags zuvor, nur nicht ganz so grau. An Deck der beiden Frachtkähne war bereits Betrieb.

Lambert steckte barfuß in seinen Pantoffeln. Ungekämmt und ohne Krawatte ging er hinunter ins Büro, wie er es jahrelang bei seinem Vater gesehen hatte, und schaute die Auftragszettel durch, solange noch alles leer und still war.

Außer im Winter hatten sie fast immer fünf oder sechs Baustellen in Betrieb, die oft bis zu zwanzig Kilometer entfernt waren. Manche Arbeiten, wie zum Beispiel das Entladen der Frachtkähne, wurden auf zwei Arbeitstrupps verteilt, um eine unnötig lange Liegedauer der Schiffe zu vermeiden.

Zwanzig Jahre früher hatte der Betrieb nur den vordersten Hof eingenommen – den, auf den jetzt die neuerrichteten Büros hinausgingen. Er hatte einiges dazukaufen müssen: Brachland, eine Schmiede und später sogar eine Gartenwirtschaft, wo bei schönem Wetter meistens ein paar junge Pärchen den Sonntag verbracht hatten.

Die Vergrößerung der Firma ging auf ihn, Joseph, zurück. Seine Mutter hätte es gern gesehen, wenn er Arzt oder Anwalt geworden wäre; sie hatte durchgesetzt, dass er auf die Oberschule geschickt wurde. Bis achtzehn war er dort geblieben, hatte dann aber das Abitur nicht geschafft. Nachdem er zum zweiten Mal durchgefallen war, hatte sich die Familie damit abgefunden, ihn doch im väterlichen Betrieb unterzubringen. Er war wie sein Vater auf Gerüste geklettert, hatte selbst die Maurerkelle geschwungen und Balken eingezogen.

Nach drei oder vier Jahren hatte er bereits seine eigenen Vorstellungen entwickelt.

»Wenn wir uns nur aufs Maurerhandwerk beschränken«, hatte er eines Tages zu seinem Vater gesagt, »werden wir nie richtige Großaufträge bekommen.«

Ihre Hauptkunden waren die Bauern aus der Umgebung gewesen. Damals wurden gerade die ersten Scheunen und Silos in Metallbauweise errichtet.

Eine ganz neue Art des Bauens, in die man sich einarbeiten musste; neue Bautrupps mussten zusammengestellt werden. Und warum nicht, da man schon einmal beim Umstrukturieren war, auch die Zimmermannsarbeiten übernehmen?

Auf Josephs Vorschlag hin war der fünf Jahre jüngere Marcel auf eine gute Ingenieurschule nach Saint-Étienne geschickt worden.

In beruflicher Hinsicht waren sich die Brüder nie uneins gewesen, seit Marcel nach Absolvierung der Schule zurückgekommen war. Jeder hatte seinen Tätigkeitsbereich: Marcel war sozusagen das Gehirn, und Joseph war die treibende Kraft.

Als dann Fernand, der in Paris lebende jüngste Bruder, beim Tode des Vaters seinen Anteil vom Erbe verlangt hatte, waren Marcel und er übereingekommen, einen Bankkredit aufzunehmen. Damit hatten sie Fernand voll ausgezahlt und waren seither die Alleininhaber der Firma.

Sie hatten die gleichen Anteile an der Firma. Was Fernand mit seinem Geld angefangen hatte, wussten sie nicht. Er habe in der Nähe des Boulevard Saint-Germain eine Gemäldegalerie eröffnet, hatte es mal geheißen. Schon möglich – bei Fernand war alles möglich. Er glich weder dem Vater noch der Mutter, und mit seinem schmalen Gesicht, dem feinen hellen Haar und der eleganten Art, sich zu bewegen, war er immer ein Fremdkörper in der Familie gewesen.

Als er elf oder zwölf Jahre alt gewesen war, hatte es geheißen, er sei tuberkulosegefährdet. Man hatte ihn deshalb von der Schule genommen, und er hatte zwei Jahre lang wie eine Treibhauspflanze in der Wohnung gelebt und seine Zeit damit zugebracht, ein Buch nach dem anderen zu verschlingen.

Danach war er in ein Internat in der Haute-Savoie geschickt worden. Als er zurückkam, war er so verändert gewesen, dass sich der Rest der Familie ihm gegenüber gehemmt fühlte.

Mit siebzehn war er eines Tages nach Paris gefahren,

ohne irgendjemandem Bescheid zu sagen. Sie waren damals acht oder neun Monate ohne Nachricht von ihm gewesen. Später war er von Zeit zu Zeit zu Besuch gekommen, und man merkte jedes Mal mehr, wie sehr er auf sein Äußeres achtete; so sehr, dass Joseph sich öfter gefragt hatte, ob Fernand nicht homosexuell sei. Er hatte in einer avantgardistischen Theatergruppe mitgewirkt, die manchmal in der Presse erwähnt wurde, hatte danach in einem kleinen Verlag gearbeitet, und einmal hatte er den Vater in einem Brief, der in Capri abgestempelt worden war, um Geld gebeten.

Wie alt war Fernand jetzt eigentlich? Er war vier Jahre jünger als Marcel, neun Jahre jünger als er selbst. Also achtunddreißig. Bei der Beerdigung ihrer Mutter wirkte er am meisten mitgenommen, und er war am selben Abend wieder abgereist. Danach hatten sie ihn bis zur Beerdigung des Vaters nicht wiedergesehen.

Joseph hatte ihn an diesem Tag oft beobachtet, besonders auf dem Friedhof, als sich die lange Reihe der Freunde und Bekannten an ihnen vorbeischob. Er war verblüfft, wie geradezu ätherisch sein jüngster Bruder wirkte. Als wäre er durch irgendeine höhere Gnade der Realität, der Schwere und sogar der Sorgen des täglichen Lebens enthoben.

Tags darauf hatte er Marcel darauf angesprochen.

»Glaubst du, dass Fernand drogensüchtig ist?«, hatte er ihn gefragt.

Marcel hatte ihn mit dem kalten, spöttischen Blick eines Mannes, der Bescheid wusste, angesehen und nur die Achseln gezuckt.

Wieso dachte er jetzt an Fernand und wieso an Marcel, der Schlag neun Uhr selbstsicher in seinem mit Reißbrettern vollgestellten Büro Platz nehmen würde?

Draußen auf dem Quai trudelten jetzt armselige, abgerissene Gestalten ein, müde und noch nicht recht aufgewärmt. Sie standen in Grüppchen beieinander, fast alles Nordafrikaner, die man jedes Mal, wenn ein Schiff entladen werden musste, in ihren Quartieren unten am Fluss auflas. Es war keine Arbeit, die regelmäßig zu vergeben war, oft vergingen zwei Wochen, ohne dass ein Frachtkahn am Anlegeplatz festmachte.

Die Männer traten in der kühlen Morgenluft von einem Fuß auf den anderen, und einige von ihnen holten wie Hampelmänner weit aus und schlugen sich dann mit gekreuzten Armen auf die Schultern, um sich aufzuwärmen.

Schließlich kam der alte Angelot, der von allen nur Oscar genannt wurde, langsam auf seinem Fahrrad angefahren.

Lambert begegnete ihm im Hof.

»Wie geht's, Monsieur Lambert?«

»Danke, gut, Oscar. Habt ihr die Männer beisammen?«

»Nicht alle. Es fehlen sicher noch ein paar.«

Aus seiner Jackentasche schaute eine schwarzumrandete Zeitung heraus.

›Wie an Tagen mit Staatstrauer‹, dachte Lambert, bat den Alten aber nicht, ihm die Zeitung zu zeigen.

Während Angelot sich zum Umkleideraum wandte, überquerte Lambert die Quaistraße und postierte sich bei den Frachtkähnen. Die Schiffer hatten inzwischen die Planen von der Ladung hellroter Ziegelsteine zurückgeschlagen, die nach und nach auf dem Quai zu regelmäßigen Reihen, wie Häuserzeilen, angeordnet und gestapelt sein würden.

Die Schiffer hoben grüßend die Hand in seine Richtung. Von der Kajüte her roch es nach Kaffee, und die Stimme des kleinen Mädchens drang herüber, das von seiner Mutter gerade angezogen wurde und im weißen Unterhemdchen durchs Kajütenfenster zu sehen war.

Auch auf dem Schiffsdeck lag ein Exemplar der Zeitung mit Trauerrand. Inzwischen war der alte Angelot zu ihm gestoßen. Er holte eine Trillerpfeife hervor und pfiff die Leute herbei, die sich um ihn scharten, um ihre Anweisungen entgegenzunehmen. Unterdessen trafen auch die festangestellten Arbeiter auf ihren Fahr- oder Motorrädern ein.

Eine Viertelstunde später herrschte auf dem Bauhof reger Betrieb; Baumaterial und Werkzeuge wurden auf die Laster und zum Teil auch auf die Lieferwagen gepackt, mit denen die Männer zu ihrem Arbeitsplatz gefahren wurden.

»Kommen Sie nachher zum Überprüfen der Verschalungen für den Beton, Monsieur Joseph?«

»Ja, gegen zehn. Geht das?«

»Ja, ja. Wir haben noch genug anderes zu tun.«

Lambert zählte elf Zeitungen, die aus verschiedenen Taschen herausschauten, und der Aufbruch vollzog sich an diesem Morgen weniger geräuschvoll als sonst. Die Männer riefen sich nicht wie üblich ausgelassene Grußworte und Ermahnungen zu, es war kaum ein Scherz zu hören.

Nicole würde jetzt gerade aufstehen und ins Badezimmer gehen. Um acht Uhr wäre das Frühstück gerichtet, und dann würde Lambert sein Bad nehmen.

Um eine Zeitung zu kaufen, hätte er etwa dreihundert Meter weit in die Rue de la Ferme gehen müssen; ungekämmt, wie er war, und überdies barfuß in Pantoffeln, hatte er dazu keine Lust gehabt.

Er hatte Angst, gleichzeitig wollte er es aber so schnell wie möglich erfahren. Seine fieberhafte Erregung vom Vorabend war verflogen und hatte einer Stimmung Platz gemacht, die so trüb war wie der Himmel an diesem Morgen – oder eher noch wie dessen Spiegelung im schmutzigen Wasser des Kanals. Immer noch hatte er einen schlechten Geschmack im Mund, doch es war nicht mehr der Nachgeschmack von Victors Marc. Er schämte sich, dass er fast schwach geworden wäre, als er zu der Nutte mit dem Goldzahn hinübergeblickt hatte.

Der bittere Nachgeschmack eines schlechten Gewissens. Aus ferner Vergangenheit stieg diese Wendung in ihm auf, die er bisher nur aus dem Munde des seltsamen Vikars gehört hatte, der ihnen früher Religionsunterricht erteilt hatte.

Seit er aufgestanden war, benahm er sich wie ein Schuldiger; er lief, er redete, er schaute die Leute an wie ein Schuldiger.

Er hatte das Gefühl, dass alle Bescheid wussten und dass Benezech nur eine einigermaßen passende Uhrzeit abwartete, um ihn festzunehmen. Er machte sich in der Schreinerei und den Lagerräumen zu schaffen. Als er sah, dass Oscar immer noch auf dem Quai mit seinen

Nordafrikanern beschäftigt war, verschwand er im Umkleideraum und nahm sich rasch die Zeitung aus Oscars Jackentasche.

Er schlug das Blatt erst auf, als er in seinem Büro war und die Tür geschlossen hatte.

Die erste Seite wurde fast vollständig von den Fotos eingenommen, die er am Abend zuvor im Aushang der Zeitung gesehen hatte. Immerhin waren zwei Bilder dabei, die er noch nicht kannte. Das eine war ein Amateurfoto und zeigte ein etwa achtjähriges Mädchen, das den Kopf zur Seite geneigt und die ausgestreckten Arme eng an den Körper gedrückt hielt; es stand in einem Garten.

Darunter stand:

Die kleine Lucienne Gorre letztes Jahr
in den Sommerferien.

Und gleich daneben war ein Krankenhausbett abgebildet. Ein Mann in weißem Kittel beugte sich über eine Gestalt, über einen dick verbundenen Kopf.

Doktor Julémont kämpft um das Leben des Kindes.

Auf dem Bild war außerdem ein dünner Schlauch zu erkennen, der zum Arm der Verletzten führte.

Die Schlagzeile in der Mitte der Seite lautete:

Sechzig Prozent Überlebenschance, sagen die Ärzte.

Erst auf der folgenden Seite war von ihm die Rede.

Großangelegte Polizeiaktion zwecks Auffindung des Unglücksfahrers und seines Fahrzeugs.

Um ein Haar hätte er nicht weitergelesen, hätte den Hörer des Telefons neben ihm auf dem Schreibtisch abgehoben und Benezech angerufen.

»Spart euch die Mühe«, hätte er zu ihm gesagt. »Ich war's.«

Diesen Citroën, nach dem Dutzende von Polizisten und Gendarmen die ganze Gegend absuchten, konnte er von seinem Platz aus sehen: direkt vor ihm am Straßenrand, wo er die ganze Nacht über gestanden hatte.

Hatte keiner seiner Arbeiter heute früh bei Dienstantritt gestutzt, als er den Wagen gesehen hatte? Hatte sich keiner gefragt:

›Ist es vielleicht der da?‹

Viele von ihnen wussten, dass er tags zuvor auf dem Renondeau-Hof gewesen und wahrscheinlich über die Grande Côte zurückgefahren war.

Marcel wusste außerdem, dass er Edmonde dabeigehabt hatte. Und Marcel wusste auch, weshalb. Er hatte sie mindestens einmal in flagranti ertappt – nicht im Auto, sondern in der Kammer, die alle »das Archiv« nannten. Wie nicht anders zu erwarten, hatte Marcel nichts gesagt und hinterher keinerlei Anspielung gemacht auf das, was er gesehen hatte.

Und plötzlich hatte er vor seinem Bruder die meiste Angst. Weniger davor, dass Marcel ihn anzeigte, sondern dass Marcel es wusste. Und wenn es so wäre? Dann war es wohl das Beste, sich eine Kugel in den Kopf zu jagen.

Lambert verwahrte in einer Schublade seines Schreibtischs einen großkalibrigen Revolver, den er aus dem Krieg mitgebracht hatte. Seit in manchen Städten am Zahltag bewaffnete Raubüberfälle stattgefunden hatten, hielt er die Waffe griffbereit im Büro.

Andererseits ... Warum sollte er eigentlich nicht gleich Schluss machen, sofort, ohne noch lange oben zu frühstücken, ins Badezimmer zu gehen, seiner Frau Rede und Antwort zu stehen und später Edmonde gegenüberzutreten?

Die Zeitung wusste zu berichten, dass in der Nacht die Särge für die Opfer gezimmert worden waren, während man mit Hilfe der inzwischen eingetroffenen Eltern noch dabei war, sie zu identifizieren. Man sei dabei, den großen Saal des Hôtel de Ville in eine Aufbahrungshalle zu verwandeln. Ab Mittag habe die Öffentlichkeit Zutritt.

Ob er den Mut aufbringen würde, das alles über sich ergehen zu lassen?

Der Vater der kleinen Gorre war Witwer, noch sehr jung, mit sanften Augen und dem resignierten Gesichtsausdruck eines Menschen, der vom Pech verfolgt wird. Man hatte ihn im Flur des Krankenhauses fotografiert, wo er auf einer Bank saß und wartete, wie die Männer, die vor der Entbindungsstation auf die Nachricht warten, dass sie Vater geworden sind.

Plötzlich schrillte das Telefon. Lambert überlegte, ob er überhaupt abnehmen sollte. Er war überzeugt, dass es entweder Benezech oder der Inspektor der Gendarmerie oder aber Marcel war, der gerade den wahren Sachverhalt herausgefunden hatte. Er ließ es mehrmals läuten, griff

dann aber doch zum Hörer, weil ihm das Klingeln unerträglich wurde.

»Hallo!«

»Sind Sie's, Monsieur Lambert?«

Seine Spannung wich so rasch, dass ihm ganz flau
wurde. Es war Nicolas, der Polier, der die Bauarbeiten
für die Schweinemast beaufsichtigte.

»Dachte ich's mir doch, dass Sie noch im Büro sind.
Also, ich habe gestern Abend versäumt, die restlichen
Zementsäcke zu zählen. Ich bin nicht sicher, ob es nicht
knapp wird. Ich dachte, Sie könnten mir gleich an die
zwanzig Säcke hinüberschicken, damit wir keine Zeit
verlieren.«

Lambert plauderte eine Weile mit Nicolas im natür-
lichsten Ton der Welt, während er weiter die Zeitung
überflog. Plötzlich blieb er an einem Satz hängen:

Damit hat eine regelrechte Menschenjagd begonnen.
Die Polizei findet uneingeschränkte Unterstützung bei
der Bevölkerung, die außer sich ist vor Empörung ...

Lambert behielt den Hörer in der Hand, er richtete sich
auf, seine Muskeln und Schultern strafften sich.

»Gut. In ein paar Minuten schick ich dir einen Lastwagen hinüber. Vielleicht komme ich gegen Mittag selber
vorbei ... Nein! Du kannst ruhig anfangen ... Es wird
nicht regnen ...«

Damit legte er auf. An den Revolver verschwendete er
keinen Gedanken mehr. Er stand auf, ließ die Zeitung wie
eine Herausforderung ausgebreitet auf dem Schreibtisch

liegen. So war das also! Eine Menschenjagd, und er war der Gehetzte! Damit sah alles anders aus!

Er gab dem Lagerverwalter noch ein paar Anweisungen und ging nach oben in die Wohnung.

»Mein Frühstück, Angèle«, rief er schon im Flur, ging ins Esszimmer und setzte sich an seinen Platz.

Kurz darauf kam auch seine Frau herein. Sie war fertig angezogen, denn sie gehörte nicht zu den Frauen, die den halben Vormittag über im Morgenmantel herumtrödeln.

»Du warst aber früh zurück gestern Abend«, bemerkte sie.

Er sagte nur ja und gönnte ihr kaum einen flüchtigen Blick.

»Ich bin bis halb zwölf bei Jeanne geblieben«, fuhr sie fort. »Sie hatte einen solchen Schock, dass wir fast den Arzt gerufen hätten.«

Er murmelte ohne erkennbare Ironie:

»Arme Jeanne!«

»Ich habe gerade ihren Mann angerufen. Sie ist schon auf. Offenbar ist die Zeitung heute so aufrüttelnd, dass … «

Sie unterbrach sich und blickte zu ihm herüber:

»Hast du sie schon gelesen?«

»Ja.«

»Und? Was steht drin?«

»Ich hole sie dir.«

Das war einfacher. Er ging trotz ihrer Einwände ins Büro hinunter und kam mit der schwarzumrandeten Zeitung zurück. Er legte sie auf ihrer Seite auf den Tisch.

»Bist du gestern auch hingegangen?«

»Nein.«

Sie warf ihm einen prüfenden Blick zu.

»Hast du getrunken?«

»Ein paar Gläser Marc.«

Sie wollte nicht wissen, warum oder wo. Sie beugte sich über die Fotos auf der ersten Seite.

»Hoffentlich kommt wenigstens diese Kleine davon!«

Er aß seine Eier und schaute seiner Frau direkt ins Gesicht. Man hätte schwer sagen können, was in ihm vorging. Sein Blick hatte sich verfinstert, auf der Stirn hatte sich eine steile Falte gebildet – wie manchmal abends in einer Bar, wenn er den Streit roch, der in der Luft lag, oder wenn er selbst Streit suchte.

»Wenn Jeanne nur zwei Minuten früher beim Château Roisin vorbeigekommen wäre, dann hätte sie diesen Automobilisten noch gesehen.«

»Schade, dass sie ihn nicht gesehen hat!«

»Ich möchte bloß wissen, wie dieser Mensch so handeln konnte. Die schreienden Kinder inmitten der Flammen …«

Es gelang ihm, ruhig sitzen zu bleiben und sogar fertigzuessen. Wenn seine Frau jedoch nicht in die Zeitung vertieft gewesen wäre und in diesem Augenblick aufgesehen hätte, dann wäre ihr nicht entgangen, dass er nur mit Mühe einen Brechreiz unterdrückte.

»Als Marcel und ich an die Unfallstelle kamen«, fuhr sie fort, »war das Feuer schon gelöscht. Aber die Wrackteile rauchten noch. Marcel hat den Feuerwehrleuten bis neun Uhr abends geholfen, die …«

Er stand auf, ohne Hast, ging zur Tür.

»Entschuldige mich, bitte. Ich muss um neun Uhr im Büro sein.«

Er rasierte, wusch und kämmte sich wie an den anderen Tagen auch. Als er jedoch den Anzug vom Vortag anziehen wollte, kamen ihm Bedenken. Falls jemand einen Mann mit blauem Anzug in einem Citroën gesehen hatte, war es besser, ein paar Tage lang eine andere Farbe zu tragen. Er holte einen grauen Anzug aus dem Schrank, suchte sich eine andere Krawatte aus und setzte sogar einen anderen Hut auf.

Hatten sie nicht eine Hetzjagd angekündigt, in der er das gejagte Wild abgeben sollte?

»Brauchst du den Wagen?«, fragte Nicole, als er um fünf vor neun die Treppe zum Büro hinunterwollte.

»Warum?«

»Wenn du ihn nicht brauchst, würde ich ihn nehmen. Ich muss nachher ins Hôtel de Ville gehen und helfen, den Saal für die Aufbahrung herzurichten. Ich habe versprochen, vorher auf den Markt zu gehen und alle Blumen zu kaufen, die ich nur bekommen kann. Renée Bishop und ich haben uns die Arbeit geteilt. Ich gehe auf den Markt, und sie klappert die Gärtnereien ab …«

Er reichte ihr wortlos den Schlüssel.

»Bist du sicher, dass …«

»Ich nehme den 2CV.«

Er hätte beinahe ironisch gelächelt, als sie ihre Bitte vorbrachte. Etwas Besseres konnte ihm ja gar nicht passieren. Von selbst wäre er nicht darauf gekommen. Sie würden den Citroën im Dienste des Notfallkomitees benutzen, und niemand würde auf den Gedanken kommen, zwischen diesem Auto und dem Unglückswagen eine Beziehung herzustellen.

»Bist du zum Mittagessen da?«, fragte sie noch.

»Wahrscheinlich.«

»Kann sein, dass ich dort aufgehalten werde …«

Mit einer Handbewegung gab er ihr zu verstehen, dass er nichts dagegen habe, und ging die Treppe hinunter. Fast alle Angestellten und Stenotypistinnen saßen schon an ihrem Platz, und hinter einer der Trennscheiben sah er Marcel, der in Hemdsärmeln im Zeichenbüro arbeitete.

Marcel und er sagten sich bei Arbeitsbeginn nicht eigens guten Morgen. Sie taten das, wenn sie im Laufe des Vormittags miteinander zu tun hatten oder sich zufällig begegneten.

Lambert blieb bei einem Angestellten stehen, der die Ein- und Ausgänge von Baumaterial verbuchte.

»Ich habe Nicolas heute Morgen zwanzig Säcke Zement geschickt, weil er fürchtete, es könnte knapp werden.«

»Jawohl, Monsieur Lambert.«

Für die meisten Angestellten, vor allem die älteren, war er nach dem Tod seines Vaters »Monsieur Lambert« geworden, während sie ihn vorher »Monsieur Joseph« genannt hatten. Sein Bruder dagegen war »Monsieur Marcel« geblieben. Das tat ihm gut, umso mehr, als er nicht darum gebeten hatte.

»Ist Mademoiselle Pampin nicht da?«

Es wunderte ihn, dass sie fünf Minuten nach neun noch nicht auf ihrem Platz saß, denn sie war sonst sehr pünktlich.

»Ich weiß nicht. Gerade eben war sie noch da …«

Der Angestellte blickte sich suchend um. Lambert überlegte, ob Edmonde ihn vielleicht bereits in seinem Büro erwartete, und er legte schon die Stirn in Falten. Im selben Moment jedoch sah er sie aus der Toilette kommen, so sehr sie selbst, dass es ihm die Sprache verschlug.

»Guten Tag, Monsieur Lambert.«

Er ließ nur ein knappes »Tag« fallen, das anders klang als sonst.

Doch sie zeigte nicht die geringste Überraschung, setzte sich an ihren Tisch, öffnete die Schublade und legte Bleistifte, Radiergummi und Stenoblock bereit.

»Wollen Sie gleich diktieren?«

Falls sie das fragte, weil sie mit ihm allein sein und mit ihm reden wollte, würde er es gleich erfahren.

»Ja.«

Er stieß die Tür zu seinem Büro auf und setzte sich in seinen verstellbaren Drehstuhl, dessen Rückenlehne er beim Diktieren immer nach hinten kippte.

»Bringen Sie auch gleich die unerledigte Korrespondenz mit!«, rief er zu ihr hinüber.

Sie legte die Akte vor ihn hin. Sie hatte eine Art, sich geräuschlos und dabei weich und geschmeidig zu bewegen, wie er es noch bei keiner Frau gesehen hatte. Sie nahm ihren gewohnten Platz ein, legte den Block auf dem Ausziehtischchen bereit und wartete mit gesenktem Blick. Sie blickte erst auf, als er minutenlang keinen Ton gesagt hatte.

Fast hätte er sie angeschrien, so sehr brachten ihn ihre Ruhe und ihre fast unmenschliche Gleichgültigkeit durcheinander, die ihn plötzlich an seinen Bruder Fernand erinnerten. Und Fernand hatte auch diese Art, mit den Dingen umzugehen wie ein Jongleur, als ob sie nicht aus fester Materie wären.

»*Monsieur ...* «, fing er zu diktieren an, besann sich aber und sagte:

»Der Brief geht an die Firma Bigois in Lille.«

»Ja.«

»*Ich bedaure, Ihnen mitteilen zu müssen, dass trotz unserer Reklamationen vom ...* Hier setzen Sie die Daten meiner beiden letzten Briefe ein ...«

»Vom achtzehnten Juli und dreiundzwanzigsten August.«

Sie sagte das ganz schlicht, ohne Eindruck schinden zu wollen.

»Gut. Also, weiter ... *unserer Reklamationen vom achtzehnten Juli und dreiundzwanzigsten August die Verpackung Ihrer Ware so schadhaft ist, dass für uns daraus ein Verlust von circa zwanzig Prozent entsteht ...* «

»Monsieur Bicard schätzt den Verlust auf etwa zwölf Prozent.«

Bicard war der Chefbuchhalter. Er saß allein in einem Glaskäfig, der mit Ordnern vollgestopft war.

»Ich habe gesagt: *zwanzig Prozent ...* «

»Gut, Monsieur.«

»Ich bitte Sie, mich nicht mehr zu unterbrechen.«

»Gut, Monsieur.«

Er zog sein Taschentuch hervor und tupfte sich wütend die Stirn ab. Er hatte den Faden verloren.

»Wo waren wir stehengeblieben?«

»... *ein Verlust von circa zwanzig Prozent entsteht ...*«

»Schreiben Sie noch dazu, dass es uns unter diesen Umständen nicht länger möglich ist, ihnen weitere Aufträge zu erteilen, und schließen Sie mit dem Ausdruck meines Bedauerns und so weiter. Haben Sie die Akte Beauchet zur Hand?«

»Sie liegt vor Ihnen auf der Schreibtischunterlage.«

»Notieren Sie: *Mein lieber Beauchet, ich freue mich, Ihnen beigefügt den von Ihnen erbetenen Kostenvoranschlag schicken zu können, der – wie ich glaube – Ihre Zustimmung finden wird. Der Ordnung halber möchte ich darauf hinweisen, dass die gegenüber den früheren Voranschlägen geringfügig erhöhte Endsumme auf die Erhöhung der Zollgebühren auf skandinavische Hölzer zurückzuführen ist. Ich bin davon ausgegangen ...*

Herein!*«, schrie er wütend, als jemand an die Tür klopfte.

Marcel streckte den Kopf herein. Er schien überrascht, seinen Bruder und Mademoiselle Pampin beim Arbeiten anzutreffen. Was hatte er eigentlich erwartet?

»Störe ich dich?«

»Was willst du?«

Marcel fixierte vor allem Edmonde, fast so, wie Lambert sie angeschaut hatte, als sie aus der Toilette gekommen war.

»Ist deine Frau schon weg?«

»Weiß ich nicht. Warum?«

»Weil ... Wenn sie noch nicht weg ist, würde ich sie bitten, meine Frau mitzunehmen, sie hat keinen Wagen. Sie sollen um zehn Uhr im Hôtel de Ville sein und ...«

»Geh doch hinauf und schau nach. Sie hat mich um das Auto gebeten, mehr weiß ich nicht.«

»Fährst du heute Vormittag noch weg?«

»Ja. Ich habe versprochen, auf dem Renondeau-Hof vorbeizukommen.«

Es sah aus, als wolle Marcel noch nicht gehen, als liege ihm noch eine Frage auf der Zunge.

»Also, was ist? Lässt du uns jetzt arbeiten?«

»Entschuldige.«

Vielleicht täuschte er sich, aber Lambert hätte schwören können, dass sein Bruder enttäuscht abzog wie einer, der sich etwas anderes erhofft hatte. Hatte er tatsächlich einen Verdacht? Hatte er etwa erwartet, er würde Lambert und Edmonde beim Tuscheln überraschen, wie zwei Komplizen?

»Den letzten Satz bitte noch einmal.«

»Ich bin davon ausgegangen ...«

Er fuhr fort und hatte in einer knappen Viertelstunde ein Dutzend Briefe diktiert. Zum Schluss war er aufgestanden und hatte im Stehen weiterdiktiert. Durchs Fenster konnte er die Nordafrikaner sehen, die auf dem schwankenden Verbindungssteg zwischen Frachtkahn und Quai hinauf- und wieder hinuntergingen und ihn an eine lange, sich dahinwindende Raupe erinnerten.

»Wenn ich bis Mittag nicht zurück bin, lassen Sie die Briefe von Monsieur Bicard unterschreiben.«

Bicard hatte Prokura und war seit zwei Jahren am Gewinn beteiligt. Er war ein kleiner, rundlicher und jovialer Mann, der stundenlang regungslos über seine Papiere gebeugt dasitzen konnte, ohne das Bedürfnis zu verspüren, aufzustehen und sich die Beine zu vertreten. Er hatte eine Glatze und das rosige Gesicht eines Säuglings. Sein einziger Fehler: Er roch aus dem Mund, und da er das wusste, hatte er immer eine Dose mit kleinen schwarzen Lakritzpillen zur Hand.

»Das ist alles für den Augenblick.«

Er wartete gespannt, ob sie nun endlich mit der Sprache herausrücken würde, aber sie ließ keinerlei Absicht erkennen und ging zur Tür.

Nun hielt er es nicht mehr länger aus.

»Ich habe Sie übrigens gestern Abend auf der Place de l'Hôtel-de-Ville gesehen, zusammen mit Ihrer Mutter.«

Sie drehte sich überrascht um.

»Ach ja? Ich habe Sie gar nicht gesehen.«

»Vor den Büros der Zeitung.«

»Ja. Wir sind gestern Abend noch eine Stunde an die frische Luft gegangen. Meine Mutter ist ja fast den ganzen Tag über im Haus.«

Lambert hatte von irgendjemandem gehört, dass die Mutter Herrenhosen schneiderte.

Edmonde stand da und wartete. Sie fragte sich offenbar, ob er noch etwas von ihr wolle.

»Das ist alles!«, verabschiedete er sie ungnädig.

Es war einfach zu viel. Er fühlte sich gedemütigt. Er hasste es, wenn er etwas nicht verstand. Ein ganzes Jahr schon hatte er nun eine so intime Beziehung mit ihr, wie ein Mann und eine Frau sie nur haben können, und dennoch wusste er immer noch nicht, was in ihrem Kopf vor sich ging.

Als er sie zur Tür hinausgehen sah – sie trug wie immer

ein schwarzes Kleid –, fragte er sich einen Augenblick, ob sie vielleicht vorhabe, ihn zu erpressen.

Ganz zu Anfang ihrer Beziehung hatte er sich eine ganz ähnliche Frage gestellt. Normalerweise vermied er es, mit den Mädchen in seiner Firma intim zu werden; er wusste, dass das meistens zu Komplikationen führte.

Nachdem er sich zum ersten Mal mit ihr eingelassen hatte, hatte er sie tags darauf belauert; er war darauf gefasst, dass sie sich gewisse Vertraulichkeiten herausnehmen oder in der Arbeit nachlassen würde.

Aber genau das Gegenteil war eingetreten, und das hatte ihn ziemlich beunruhigt. Sie war so sehr sie selbst geblieben, dass er sich gefragt hatte, ob er tags zuvor nicht etwa geträumt hatte. Es war schlechterdings unmöglich, in ihrem Verhalten, ihrem Blick, ihrer Stimme etwas zu entdecken, das an die Frau erinnerte, die er dazu gebracht hatte, dass ihre Zähne knirschten vor Lust.

Mehrere Tage lang hatte er sie nicht anzurühren gewagt aus Angst, sie würde ihn abweisen.

Seither war etwas mehr als ein Jahr vergangen. Sie hatte ihn nie anders als »Monsieur Lambert« genannt, und sie hatte auch nicht um die kleinste Gunst gebeten.

Der Orgasmus war kaum zu Ende und der Rock mechanisch wieder hinuntergeschlagen, da war sie von einer Sekunde zur anderen auch schon wieder die umsichtige Sekretärin mit dem völlig unbeteiligten Blick, die gerade aus seinem Büro kam. Nur ihre Nasenflügel blieben noch einen Moment zusammengekniffen wie bei jemandem, der einen Schmerz erlitten hat, und man konnte sehen, dass ihr Herz unter dem Kleid schneller schlug.

Er schaute sich nach dem Hut um, den er von der Wohnung mit heruntergebracht hatte, setzte ihn auf und ging langsam durch das angrenzende Büro. Edmonde hatte wieder ihren Platz eingenommen und sah nicht von der Arbeit auf.

Nun ging *er* zu seinem Bruder hinüber. Marcel war über die Pläne für eine Autowerkstatt gebeugt.

»Hast du Nicole gesehen?«

»Ja. Sie nimmt meine Frau mit.«

Auch bei Marcel konnte man nie erraten, was er dachte, und gerade heute brachte ihn das in Harnisch. Als ob sich die Leute den Spaß erlaubten, mit ihm Katz und Maus zu spielen.

Immerhin wusste er bei Marcel wenigstens, was sein Lächeln zu bedeuten hatte. Es sollte herablassende Ironie ausdrücken. Er, Marcel, war ja so intelligent, so selbstsicher, so himmelhoch erhaben über diesen armen Trottel von Joseph, der wie ein Stier einfach drauflosrannte, ohne nach rechts oder links zu schauen.

Der arme Joseph! Er hatte schon eine Menge Dummheiten gemacht, und er würde noch mehr machen, weil er gar nicht anders konnte. Ein Glück nur, dass er einen leidenschaftslosen und ausgeglichenen Bruder an seiner Seite hatte, der die Dinge taktvoll wieder ins Lot brachte.

Warum, zum Teufel, hatte Marcel eigentlich nicht Nicole geheiratet? Wo die beiden doch so gut zusammenpassten! Sie hätten ihr ganzes Leben lang vor einem Spiegel das großartige Paar bewundern können, das sie abgaben. Und vielleicht hätten sie beide zusammen sogar Kinder hingekriegt!

»Bis nachher.«

»Bis nachher.«

In der Tür drehte er sich abrupt um; er wollte wissen, ob Marcel ihm spöttisch nachblickte. Aber der hatte sich schon wieder über den Zeichentisch gebeugt, die brennende Zigarette vor sich in einem gläsernen Aschenbecher.

Nur ein junger langhaariger Zeichner von ungefähr siebzehn lächelte, als ob er kapiert hätte.

Der Dummkopf!

4

Irgendein Journalist würde sicher wieder schreiben, dass der Himmel ein Trauerkleid angelegt habe. Bei den Lamberts hatten sie dieses Wetter immer »Allerheiligenwetter« genannt. Wenn Joseph Lambert sich an seine Kindheit erinnerte, fielen ihm jedoch in Verbindung mit Allerheiligen eher tiefhängende Wolken ein, die von Windböen dahingetrieben wurden. Der Wind riss auch die letzten welken Blätter von den Bäumen, ließ sie ein paarmal durch die Luft wirbeln und schließlich auf der gekräuselten Wasseroberfläche des Kanals landen, wo sie wie Spielzeugschiffchen tanzten.

Es war windstill, und es regnete nicht. Der Himmel war von einem einheitlichen, ziemlich hellen Grau, wie eine blinde Glasglocke, unter der alle Töne erstickt wurden. Die Fußgänger wirkten düsterer als sonst und seltsam verstohlen, als ob ein jeder für die Tragödie des Vortags mitverantwortlich wäre.

Lambert fuhr mit dem 2CV absichtlich durch das Zentrum. Über dem Portal des Hôtel de Ville wurden gerade die schwarzen Drapierungen mit den Silbertränen angebracht. Zum Renondeau-Hof hatte er mindestens drei verschiedene Strecken zur Auswahl, aber er zwang sich, den Weg einzuschlagen, den er sonst auch genommen hätte. Also über das Dörfchen Saint-Marc und die Grande Côte.

Saint-Marc war nur drei Kilometer von der Stadt entfernt; nach den gegeneinander abgezäunten Gemüsegärten der Dorfbewohner tauchte das Haus der Despujols mit seiner schieferbedeckten Westfront auf, das ganz für sich allein stand.

Er fuhr langsam. Es war ein Test für seine Nerven. Die alte schwarzgekleidete Madame Despujols stand bei der Zapfsäule und tankte gerade einen Wagen voll. Sie war klein und rundlich und schob nach Art der Frauen vom Land den Bauch vor. Er hob grüßend die Hand und sah im Rückspiegel, wie sie ihm nachblickte, konnte allerdings nicht feststellen, ob sie ihn erkannt hatte.

Die härteste Prüfung war die Kurve am Château Roisin. Die verkohlten und verbogenen Überreste des Busses waren abgesperrt; zwei Gendarmen standen an dem Wrack Wache, während drei oder vier Männer in Zivil, offensichtlich irgendwelche Spezialisten, die Trümmer absuchten.

Wie die Morgenzeitung berichtet hatte, vertraten die technischen Sachverständigen verschiedene Auffassungen. Die einen gingen davon aus, dass sich die Bustüren durch den Aufprall verzogen hatten und nicht mehr geöffnet werden konnten; die anderen neigten zu der Annahme, dass niemand wusste, wie man den Öffnungsmechanismus betätigte, nachdem der Busfahrer, ein gewisser Bertrand, auf der Stelle tot war. Die Frage, warum der Bus sofort in Flammen aufgegangen und dadurch jede Hilfe unmöglich geworden war, führte zu heftigen Kontroversen, denn hier stand finanziell viel auf dem Spiel.

Es war zwar noch nicht direkt von Geld die Rede; man

hatte jedoch berichtet, dass die Gesellschaft, bei der der Bus versichert war, ihre besten Sachverständigen vor Ort entsandt hatte, um die Gründe für den Unfall zu ermitteln und außerdem festzustellen, warum er sich zu einer solchen Katastrophe ausgewachsen hatte.

Die Schadenersatzforderungen gingen in die Millionen. Wenn man den Fahrer des Unglückswagens fand und seine Schuld an dem Unfall nachweisen konnte, dann würde dessen Versicherung für den Schaden aufkommen müssen.

Der eine der wachhabenden Gendarmen, mit dem Lambert öfter zusammengekommen war, erkannte ihn im Vorüberfahren und hob grüßend die Hand. Die Schaulustigen waren vor allem mit dem Fahrrad gekommen, aber nicht so zahlreich, wie man laut Rundfunk befürchtet hatte; sie blieben alle geduldig außerhalb der Absperrung stehen.

Mit rotem Kopf und hämmernden Schläfen fuhr er nun die Steigung hinauf. Er hatte noch keinen Kilometer zurückgelegt, als er die Ziegen auf der Böschung am Straßenrand sah, und auch ihr Eigentümer war da, groß und hager, mit überlangen Armen und Händen wie Teppichklopfer.

Regungslos stand er da, einen Stock in der Hand, und schaute dem Auto entgegen. Lambert hatte den Eindruck, dass er ihm nicht mehr Aufmerksamkeit schenkte als jedem anderen Fahrzeug, dass er ihn aber erkannt hatte. Er hielt nicht an. Vielleicht war es reine Einbildung. Oder hatte er wirklich auf dem sonst ausdruckslosen Gesicht des Mannes ein sarkastisches Lächeln gesehen? War er schon von der Gendarmerie vernommen worden wie alle, die im Umkreis von einigen Kilometern an einer Straße wohnten?

Lambert hätte beinahe kehrtgemacht. Er wollte mit dem Mann sprechen, er wollte wissen, woran er war. Schon am Vorabend hatte er die Eingebung gehabt, dass von diesem Mann Gefahr drohte.

Er hatte noch nie seine Stimme gehört. Er wusste nicht, ob er einfältig war oder nicht. Manche behaupteten, er esse Krähen und halbverwestes Fleisch. Lambert fiel der alte Mann aus seiner Kindheit ein, der auch alles verzehrt hatte, was sie ihm aus Jux angeschleppt hatten, selbst Feldmäuse und Nacktschnecken.

Die Steigung kam ihm lang vor. Die vielen Gendarmen auf Motorrädern, die ihm entgegenkamen, fügten der Landschaft eine ganz eigene Farbnote hinzu.

Zwei weitere Gendarmen standen bei der Tankstelle an der ersten Kreuzung hinter der Grande Côte. Der eine von ihnen hatte ein Notizbuch in der Hand und befragte gerade den rothaarigen Tankwart, der sich beim Antworten immer wieder am Kopf kratzte. Lambert kannte ihn, er hatte schon oft bei ihm getankt.

Noch ein Test. Er musste sich so normal wie möglich verhalten. Als er nach rechts zum Renondeau-Hof einbog, streckte er deshalb die Hand aus dem Fenster und rief dem jungen Mann einen Gruß zu.

Der andere grüßte zurück; die Gendarmen drehten sich noch nicht einmal um. Lambert vergewisserte sich im Rückspiegel, dass der rothaarige Tankwart ihm nicht nachstarrte, als ob ihm bei seinem Anblick plötzlich etwas eingefallen sei.

So müsste er sich jetzt also ein paar Tage lang verhalten. Auch Renondeau gegenüber, der ihn auf der Baustelle erwartete, wo die Schalungen schon das Rechteck der künftigen Scheune erkennen ließen. Sie warteten nur noch auf ihn, um mit dem Einbetonieren der bereits aufgerichteten Stahlstreben zu beginnen. Er stieg aus dem Wagen, drückte dem Bauern die Hand und ging gleich zu dem Polier hinüber. Er sah sich jede einzelne Schalung mit der besorgten und mürrischen Miene an, die er gewöhnlich auf Baustellen zur Schau trug. Dann blickte er zum Himmel, wo gerade ein Schwarm Stare vorüberzog.

»Ihr könnt anfangen, Kinder!«

Er stand mit Renondeau neben der Mischmaschine, die einen ohrenbetäubenden Lärm machte, und überwachte das Auffüllen des ersten Abschnitts. Jeder Versuch, sich zu unterhalten, war zwecklos. Nach einer Weile deutete Renondeau zum Haus und zu seinem Weinlager oberhalb des Wiesenhanges.

›Wie wär's mit einem Schluck?‹, stand als stumme Einladung auf seinen Lippen.

Lambert folgte ihm in den kühlen, dunklen Raum, wo sich ein Weinfass an das andere reihte. Renondeau spülte zwei bauchige Gläser in einem Wasserbottich.

»Auf Ihr Wohl, Monsieur Lambert.«

»Auf das Ihre, Renondeau.«

»Und die junge Dame?«, meinte Renondeau mit vielsagendem Lächeln. »Heute haben Sie sie ja gar nicht dabei!«

»Heute nicht, nein.«

»Ein rassiges Mädchen ist das!«

»Sie ist vor allem eine gute Sekretärin.«

84

Renondeau nahm ihm das leere Glas aus der Hand, um es nochmals zu füllen, und Lambert ließ ihn gewähren.

»Als ich gestern Abend die Nachrichten gehört habe, da hab ich an Sie denken müssen. Ich hab mir gesagt, wenn Sie nur fünfzehn Minuten später losgefahren wären, dann hätten Sie den Unfall beim Château Roisin mitbekommen.«

Das war keine Falle, Lambert war davon überzeugt. Er kannte die Bauern gut genug, um zu merken, wann sie Hintergedanken hatten und wann nicht. Und dieser anscheinend unschuldig dahingesagte Satz eröffnete ihm ganz neue Perspektiven.

Er hatte sich am Abend zuvor den Kopf zerbrochen, wie er sich ein Alibi verschaffen könnte, bei dem er die Leute im Glauben ließ, er sei gar nicht über die Grande Côte, sondern über die Route du Coudray zurückgefahren. Und nun hatte ihm Renondeau völlig ahnungslos das wunderbarste Alibi präsentiert, das er sich denken konnte. Tatsächlich: Wenn er, ohne unterwegs anzuhalten, in halbwegs normalem Tempo gefahren wäre, hätte er die Grande Côte etwa eine Viertelstunde vor dem Bus erreicht.

»Muss kein schöner Anblick gewesen sein«, fuhr Renondeau fort. »Ich glaube, ich hätte nicht hinschauen können. Nun ja! ... Noch einen?«

»Nein, danke.«

»Denken Sie immer noch, dass Sie vor November fertig werden?«

»Spätestens bis zum ersten November.«

»Na, dann ist ja alles klar.«

Sie gaben sich die Hand, und Renondeau ging langsam

zum Stall hinüber, während Lambert zum Wagen zurückkehrte.

Ein Glück, dass er nicht betont hatte, er sei gar nicht über die Grande Côte zurückgefahren. Sollte er ernstlich in Schwierigkeiten geraten und Hilfe brauchen, dann hätte er immer noch Renondeau als Zeugen, was zwar kein Beweis für seine Unschuld war, aber wenigstens die Fäden durcheinanderbrachte.

Er durfte sich vor allem nicht im Voraus einbilden, dass die anderen ihn verdächtigten. Denn dann würde er bestimmt seine Kaltblütigkeit verlieren.

Er fuhr jetzt wieder zu der knapp vier Kilometer entfernten Kreuzung zurück. Das Land war hier ziemlich eben und nur dünn besiedelt; die wenigen Höfe lagen weit ab von der Straße inmitten von Feldern, die zu einem guten Teil Renondeau gehörten.

Etwa einen Kilometer weiter sah man rechts ein Wäldchen. Und hier in diesem Wäldchen hatte am Tag zuvor die spätere Tragödie ihren Anfang genommen und nicht, wie er zuerst gedacht hatte, beim ersten Hupzeichen des Busses.

Als er am Morgen Edmonde aufgefordert hatte, ihn auf seiner Fahrt zu begleiten, hatte er natürlich Hintergedanken gehabt, aber er hatte sich noch nichts Konkretes vorgestellt, war sich nicht klar darüber, wann und wo es stattfinden sollte. Er hatte noch am ehesten an den fast immer einsamen Weg am Kanal gedacht, auf dem sie von der Molkerei in Tréfoux zurückfahren würden.

Hatte Edmonde nicht länger warten wollen? Oder hatte sie sich gar nichts dabei gedacht?

»Würde es Ihnen etwas ausmachen, wenn ich kurz ver-
schwinde?«, hatte sie einfach gesagt, als sie das Wäldchen
erreichten.

Sie war ihm gegenüber ohne jede Scham, und er hatte
den Verdacht, dass sie es auch anderen gegenüber war. Sie
hatte die Wagentür aufgemacht, war mit einem Satz über
den Graben gesprungen und hatte sich mit hochgeschla-
genem Rock nur fünf oder sechs Meter vom Straßenrand
entfernt hingehockt. Er hatte sich überlegt, ob sie es nicht
jetzt gleich tun sollten. Aber dann fiel ihm ein, dass er
erst vor kurzem einen Heuwagen überholt hatte, der sie
bestimmt bald wieder einholen würde.

»Entschuldigen Sie«, hatte sie gemurmelt, als sie sich
wieder in den Wagen setzte und die Tür zumachte.

Er hatte ihr zugelächelt und die Hand auf ihren Schenkel gelegt.

»Jetzt?«

Auch er hatte leise gesprochen.

Was sie miteinander verband, war nur schwer zu erklären; es war weder Verliebtheit noch Liebe in irgendeiner
Form. Ihre Beziehung glich vielmehr einem Spiel, das
seine festen Regeln hatte, seine Zeichen, seine Geheim-
sprache.

Sie hatte ihn wortlos angesehen, und er hatte begriffen –
es hatte zwischen ihnen klick! gemacht.

Aber da hatten sie hinter sich das Getrappel von Pferde-
hufen gehört und das Rasseln der großen eisenbereiften
Karrenräder auf dem Straßenpflaster. Er war daraufhin
weitergefahren, sehr langsam, nur die linke Hand am
Lenkrad, während Edmonde sich neben ihm anspannte.

So hatten sie die Grande Côte erreicht, und so waren sie auch die steile Strecke hinuntergefahren, mit kaum dreißig Stundenkilometern. Er war konzentriert gefahren, aber diese Konzentration hatte nicht der Straße gegolten, sondern den geheimen Schauern, die einem bestimmten Rhythmus folgten.

Auch wenn sie nicht ineinander verliebt waren und sich nie wie Verliebte benommen hatten, so herrschte zwischen ihnen dennoch eine Art von Intimität, die noch am ehesten an eine Komplizenschaft herankam.

Vom ersten Tag an hatte ihre Beziehung diesen Charakter angenommen. Sie hatten es nicht so gewollt, es geschah eher durch den äußeren Zwang der Umstände. Es passierte vor etwas über einem Jahr. Edmonde arbeitete damals erst seit einigen Wochen für ihn.

Anfangs hatte er sie etwas fade gefunden, ihr Körper war nicht derjenige einer Frau, eher der eines großen Säuglings. Er war überrascht, dass sie – mit ihrem ständig leeren Blick – sich als tüchtige Sekretärin erwies. Er hatte dem jungen Maurer beinahe recht gegeben:

»Was von einer Kuh!«

An einem Abend im August, als ein großer Teil des Büropersonals im Urlaub war und eine drückende Hitze herrschte, war er gegen fünf Uhr zum Baden gegangen. Er wollte zu einem Freund, für den er etwa fünfzehn Kilometer außerhalb der Stadt einen Swimmingpool gebaut hatte. Sie erwarteten noch einen Anruf aus Chalon-sur-Saône.

»Soll ich bleiben, bis Sie zurück sind?«, hatte sie gefragt, als er gerade das Büro verließ.

»Ja, das wäre gut. Ich bin übrigens gegen halb sieben wieder da.«

Er war jedoch erst zehn vor sieben zurückgekommen und hatte zur Abkürzung einen Nebeneingang benutzt. Sie nannten ihn den Zeichnereingang, weil er vom Hof aus direkt in das verglaste Zeichenbüro führte.

In den durch Trennscheiben abgeteilten Räumen herrschte völlige Stille. Im ersten Augenblick glaubte er, dass niemand mehr da sei, doch dann erblickte er seine Sekretärin und bekam einen kleinen Schock.

Hatte sie ihn nicht kommen hören? Ganz bestimmt nicht. Aber jetzt, wo er sie besser kannte, wusste er, dass das an ihrem Verhalten nichts geändert hätte.

Sie hatte ihren Bürostuhl mit der verstellbaren Rücklehne zurückgekippt und sich weit nach hinten gelehnt, das Kleid bis zum Bauch hochgezogen, die Hand zwischen den Schenkeln. Die Augen halb geschlossen war sie so reglos, dass er beunruhigt gewesen wäre, hätte er nicht gesehen, wie sich ihre Finger fast unmerklich bewegten.

Die Hitze des Tages hatte sich in den Büros gestaut. Durch die geöffneten Fenster drang kein Hauch von Kühle, nur feiner Staub, der in der Luft schwebte und in der Sonne glänzte.

Da hatte er zum ersten Mal gesehen, wie ihre Nasenflügel sich zusammenzogen wie die einer Toten, wie sie die Oberlippe zu einer schmerzlichen Grimasse schürzte, die in nichts an ein Lächeln erinnerte, und dabei die Zähne entblößte.

Ihr Körper hatte sich schließlich gespannt, wie um sich seine Befreiung zu erarbeiten, und hatte in dieser Haltung eine Zeitlang verharrt, bis er dann plötzlich nachgab; Lambert meinte, im selben Moment ein Röcheln gehört zu haben.

Den Kopf hatte sie seitlich auf die Schulter fallen lassen, und als sie die Augen öffnete, hatte sie ihn hinter der Trennscheibe gesehen. Sie hatte jedoch weder Überraschung noch sonst eine Reaktion gezeigt. Sie war noch nicht ganz zurückgekehrt aus jener seltsamen Welt, in die sie gerade schweigend und allein entglitten war.

Er hatte daraufhin die Tür geöffnet, sich vor ihr aufgebaut und sie von oben bis unten und von unten bis oben gemustert.

»Waren Sie da?«, hatte sie schließlich leise gefragt.

Sie suchte nicht nach einer Entschuldigung. Sie schämte sich nicht, zog ihr Kleid nicht herunter, und ihre Hand war immer noch an derselben Stelle.

»Haben Sie noch nicht genug?«, hatte er heiser hervorgestoßen, als er sah, dass ihre Finger sich erneut bewegten.

Das Zucken der Oberlippe hatte wieder eingesetzt, und er hatte das Gefühl, die dumpfen raschen Schläge seines Herzens in der Brust zu vernehmen.

»Stehen Sie auf!«, hatte er ihr befohlen.

Sie war folgsam aufgestanden und hatte einen Schritt auf ihn zu gemacht, hatte sich ihm jedoch nicht an die Brust geworfen oder seine Lippen gesucht.

Bereits zehn Minuten später verhielt sie sich, als sei nichts gewesen.

»Der Anruf aus Chalon ist gekommen«, hatte sie gesagt, und ihrer Stimme war überhaupt nichts anzumerken von dem, was soeben geschehen war.

Ihm dagegen war es, vielleicht zum ersten Mal in seinem Leben, etwas peinlich gewesen, und er hatte nicht gewusst, wo er hinschauen sollte.

»Die drei Waggons sind heute Morgen beladen worden und müssten am Montag hier eintreffen. Die Frachtbriefe gehen Ihnen morgen mit der Post zu.«

»Ich danke Ihnen.«

»Brauchen Sie mich noch?«

Es war die allabendliche Routinefrage, und sie hatte sie ohne Ironie und ohne Hintergedanken gestellt.

»Nein. Ich danke Ihnen.«

»Auf Wiedersehen, Monsieur Lambert.«

Er hatte sich einen Ruck geben müssen, im gleichen Ton zu antworten:

»Auf Wiedersehen, Mademoiselle Pampin.«

Sie hatte danach noch ihren Schreibtisch aufgeräumt und war einen Augenblick verschwunden, um sich zu pudern und die Lippen nachzuziehen. Einige Minuten später sah er durchs Fenster, wie sie sich mit ihrem weichen, geschmeidigen Gang in Richtung Rue de la Ferme entfernte.

Irgendwann hatte Marcel ihn dann mit Edmonde im sogenannten Archiv ertappt. Vielleicht hatten es auch andere mitbekommen, die zwar nichts sagten, sich aber wahrscheinlich hinter ihrem Rücken zuzwinkerten. Er hatte sie mehrmals ins Hôtel de l'Europe mitgenommen, und sie war ihm widerstandslos gefolgt. Aber es war jedes Mal eine Enttäuschung geworden, für sie wie für ihn. Sie beklagte sich nicht darüber, und sie suchte auch nicht nach Entschuldigungen. Was sich zwischen ihnen abspielte, war für sie kein Gesprächsgegenstand, und keiner von beiden versuchte, sich dazu zu erklären.

Sofern es nicht um geschäftliche Dinge ging, tauschten sie lediglich ein paar knappe Worte aus, als Wegweiser sozusagen.

Sie hatte nichts an ihrer Lebensweise geändert, an ihren Gewohnheiten, ihrer Art, sich zu kleiden und zu geben. Und auch bei ihm war alles beim Alten geblieben. Er hatte im Verlauf dieses Jahres noch andere, allerdings flüchtige, Abenteuer gehabt, die ihm nicht das geringste Vergnügen bereitet hatten.

Und da bildete Marcel sich ein, ihn durchschaut zu haben!

Er fuhr jetzt denselben Weg zurück wie am Vortag; fuhr ein weiteres Mal die Grande Côte hinunter. Und erneut glaubte er, im Gesicht des Ziegenmannes einen ironischen und grausamen Ausdruck wahrzunehmen.

Was dachte Edmonde eigentlich angesichts dessen, was passiert war? Und was hielt sie von der Art, wie er sich verhalten hatte? Was dachte sie von ihm? Jeden anderen Menschen hätte er gefragt. Bei ihr wagte er es nicht.

Warum?

Vielleicht weil sich das, was zwischen ihnen war, auf einer anderen Ebene abspielte als das gewöhnliche Leben, das Leben, wie man es sich vorstellt, gestaltet oder will?

Es war ein wenig, als würden sie sich plötzlich und ohne ersichtlichen Grund ein Signal geben und dann beide in eine andere Welt abtauchen.

Auch er empfand ihr gegenüber keine Scham. Sie betraten ganz einfach einen anderen Bereich. Und dieser

Bereich glich für ihn viel mehr dem seiner Kindheit als irgendeinem verbotenen Terrain.

Selbst nach so langer Zeit erinnerte er sich immer noch ganz deutlich an einen Tag, an dem er, im Alter von etwa neun Jahren, heftige Zahnschmerzen bekommen hatte. Es war Sommer gewesen, und damals stand noch die große Linde mitten auf dem jetzigen Bauhof. Der Zahnarzt hatte ihm zwei weiße Tabletten mitgegeben, und als nach dem Mittagessen der Schmerz scharf und bohrend wiederkam, hatte er sie alle beide genommen.

»Am besten, du setzt dich in den Garten und ruhst dich ein wenig aus«, hatte seine Mutter ihm geraten.

Unter der Linde hatten damals ein Tisch und drei eiserne Gartenstühle gestanden. Er hatte sich auf einen der Stühle gesetzt, einen zweiten herangezogen und die Beine hochgelegt. Ein paar Sonnenstrahlen drangen durch das Blattwerk über seinem Kopf, wo es von Insekten wimmelte.

Mit halbgeschlossenen Augen schaute er auf das glitzernde Wasser des Kanals. Direkt gegenüber am anderen Ufer saß ein alter Pensionär, der inzwischen längst tot war, auf einem Klappstuhl und angelte. Der Alte hatte einen Panamahut auf dem Kopf und rauchte eine lange, gekrümmte Pfeife, die ihm bis auf die Brust hinabhing.

Er war außerstande zu beschreiben, was damals in ihm vorgegangen war. Er hatte später, sogar noch als Erwachsener, oft versucht, diesen Zustand wieder herbeizuführen, aber es war ihm nie gelungen.

War es die Hitze, die Schläfrigkeit nach dem Mittagessen oder die Wirkung der Tabletten gewesen? Er verspürte zwar weiter den Schmerz in der linken Backe, aber es war nicht mehr nur Schmerz, er verwandelte sich auch in Lust, ja sogar Wollust, die erste, die er erlebte.

Von einem bestimmten, übersensiblen Punkt, vielleicht dem Nerv des kranken Zahns, strahlte es wellenförmig aus und setzte sich fort wie ein Glockenton in der Luft, verbreitete sich über die ganze Wange, erreichte Auge und Schläfe und erstarb dann in seinem Nacken.

Er konnte das Aufsteigen dieser Wellen verfolgen, und nach und nach brachte er es so weit, sie herbeizulocken, sie wie Musik zu dirigieren. Das Blattwerk der Linde über ihm mit dem Spiel von Licht und Schatten, das sanfte Schwingen der Äste, das Summen der Insekten – das alles war ebenso sehr Teil dieser Symphonie wie das heimliche Leben des Kanals, sein Atmen, die langsam sich ausdehnenden Spiegelungen im Wasser, der rote Schwimmer am Ende der Angelschnur und der helle Fleck des Strohhuts gegenüber im Schatten.

Von der benachbarten Schmiede her, die damals noch nicht dem alten Lambert gehörte, hörte man den Hammer in trägem Rhythmus auf den Amboss schlagen, und von einem der Höfe drang das Gackern von Hühnern herüber.

All das spielte sich in einer wundersamen Welt ab, die ihn an irgendetwas erinnerte – er versuchte vergebens herauszufinden, woran.

»Joseph! Du sitzt ja in der prallen Sonne!«

Die Stimme seiner Mutter riss ihn plötzlich aus diesem Zustand. Die Sonne war weitergewandert und hatte in der Tat seinen Platz unter der Linde erreicht.

»Komm jetzt ins Haus.«

Er war völlig benommen und wie verblödet aufgestanden und hatte es seiner Mutter lange übelgenommen.

Dieses Erlebnis, das er nie wieder hatte erneuern können, war auch die Ursache dafür, dass er seinen Bruder Fernand mit Nachsicht beurteilte. Welches Mittel mochte Fernand gefunden haben, sich der Realität zu entziehen? Er wusste es nicht. Aber er war davon überzeugt, dass Fernand ein solches Mittel hatte und einen guten Teil seines Lebens fern von dieser Welt verbrachte.

Von alledem hatte er Edmonde nichts erzählt. Er vermutete, dass sie selbst gar nicht wusste, was sie da tat. Auf jeden Fall hielt sie es nicht für etwas Schlechtes, sonst hätte sie anders reagiert, als er sie beim ersten Mal überrascht hatte, und dann viele weitere Male in Folge.

Ausgerechnet ihm, der bisher in seinem Leben keine Gelegenheit ausgelassen hatte, ein Mädchen aufs Bett oder ins Gras zu werfen, kamen nun hin und wieder Zweifel, oder er empfand etwas als peinlich.

Mit den anderen konnte er über das, was sie gerade taten, lachen und Witze reißen.

Bei Edmonde traute er sich nicht. Er kam gar nicht auf die Idee. Und dennoch gab es keine innere Verbindung zwischen ihnen, sie strebten sie auch gar nicht an. Was sie verband, war eine stillschweigende Komplizenschaft.

Bis zu dem Augenblick, in dem er am Vortag das entsetzte Heulen der Hupe gehört und im Rückspiegel den Koloss gesehen hatte, der in voller Fahrt den Abhang heruntergekommen war ...

War er wirklich davon überzeugt, dass er schuldig war?

Er wusste es nicht mehr. Und Edmonde? Sie hatte sich nicht gerührt. Edmonde, die am Abend Arm in Arm mit ihrer Mutter über die Place de l'Hôtel-de-Ville spaziert war, mit einer so unschuldigen Miene, als ob sie beim Diktat säße.

Hatte *sie* vielleicht recht? Er verübelte ihr ihre Haltung und beneidete sie gleichzeitig darum. Plötzlich fasste er den Entschluss, die Strecke vom Vortag noch einmal genau abzufahren. Er spekulierte darauf, dass die Bauern, die ihn möglicherweise erkannt hatten, bei einer etwaigen Befragung in ein oder zwei Tagen vielleicht die Daten durcheinanderbringen könnten.

Er erreichte die Molkerei über die Route du Coudray. Nicolas steckte mitten in der Arbeit, und er leistete ihm eine Viertelstunde Gesellschaft, ohne dass Bessières in dieser Zeit auftauchte.

»Der ist zum Hôtel de Ville gegangen«, sagte Nicolas. »Heute Nachmittag um vier sollen die Särge zum Bahnhof gebracht werden, hat er mir gesagt. Meine Frau und meine Schwiegertochter sind bestimmt auch dort. Sogar die Behörden und Banken haben ihren Angestellten freigegeben.«

»Willst du auch hingehen?«

»Nein, ich nicht, Monsieur Lambert. Ich hab selber genug um die Ohren!«

Die Place de l'Hôtel-de-Ville war jetzt um die Mittagszeit noch belebter als am Abend zuvor. Vor dem Eingang zum Aufbahrungssaal hatte sich auf dem Gehweg eine lange Schlange gebildet. Im Café Riche dagegen und in den anderen Cafés im Umkreis waren nur wenige Gäste, als würden sich die Leute schämen, wenn man sie an diesem Tag beim Trinken sehen würde.

»Extrablatt *L'Éclair* ... Das Allerneueste im *Éclair* ...«

Die Menge drängte sich immer noch vor den Büros der Zeitung. Lambert hielt an und kaufte sich eine Zeitung. Die Druckerschwärze war noch frisch.

Als er nach Hause kam, war schon Mittagspause in den Büros. Draußen auf dem Bauhof hockten die Arbeiter im Schatten und verzehrten ihren Proviant, während sich die Nordafrikaner unter den Bäumen am Kanalufer niedergelassen hatten und aßen. Manche hatten sich der Länge nach ausgestreckt und schliefen.

»Soll ich gleich auftragen?«, fragte Angèle. »Madame hat angerufen und gesagt, dass sie nicht vor fünf oder sechs zurück ist.«

Das bedeutete, dass Nicole dem Leichenzug bis zum Bahnhof folgen würde. Wer weiß, vielleicht war ihre Betriebsamkeit auch eine Art Flucht, eine Möglichkeit, sich zu entziehen? Er war ihr nie ernstlich böse gewesen. Sie reizte ihn manchmal, brachte ihn auch schon mal zur Weißglut mit ihrer Überheblichkeit und ihrem Mangel an Nachsicht.

Aber war sie sich ihrer selbst wirklich so sicher, wie es den Anschein hatte? Und war sich Marcel seiner so sicher?

Manchmal zweifelte er daran. Das alles konnte aufgesetzt sein, eine Maske – vielleicht aus Schamgefühl?

Und wie stand es mit ihm selbst? Wenn er zum Beispiel ein Lokal betrat, mussten die Leute da nicht annehmen, dass er ein geradezu herausforderndes Selbstvertrauen habe? Mit seinen breiten Schultern, dem leicht aufgedunsenen Gesicht, der unüberhörbaren Stimme und der Miene, die zu verstehen gab, dass man ihm bloß nicht in die Quere kommen solle?

Während des Essens überflog er die Zeitung, die er vor sich aufgeschlagen hatte. Ihr Inhalt war weitgehend mit dem der Morgenzeitung identisch, bis auf die Seitenzahlen, die sich verschoben hatten, damit die neuesten Nachrichten an den Anfang zu stehen kamen.

Gute Aussichten zur Rettung von Lucienne Gorre.

Dieser am Tag zuvor noch unbekannte Name war inzwischen ganz Frankreich vertraut, und ganz Frankreich bangte um das Wohlergehen des Kindes, das die Katastrophe überlebt hatte.

Auch Lambert hoffte, das Mädchen werde davonkommen. Und bei ihm bedeutete das sehr viel mehr als bei den anderen, denn die Genesung des Kindes konnte für ihn der Anfang vom Ende sein. Alles hing davon ab, auf welchem Platz die Kleine zum Zeitpunkt des Unfalls gesessen hatte. Er selbst erinnerte sich nur an Kindergesichter, Gesichter von Jungen und Mädchen, die an die Scheibe gepresst waren.

Es war unwahrscheinlich, dass das Mädchen sich das Kennzeichen seines Wagens gemerkt oder überhaupt nur hingeschaut hatte. Aber ihn konnte sie vielleicht gesehen haben, vor allem aber Edmonde.

Bis jetzt war nur von einem Citroën DS 19 die Rede gewesen und davon, dass der Fahrer offenbar betrunken war. Ein weites Feld für polizeiliche Ermittlungen. Sollte jetzt herauskommen, dass noch jemand, nämlich eine junge Frau, neben dem Fahrer gesessen hatte, dann würde die Lage schon brenzliger werden. Selbst Renondeau würde dann eine Verbindung zwischen ihm und dem Unfall herstellen.

Die Polizei hat eine Liste aller Wagen des genannten Typs erstellt, die in der Gegend zugelassen sind. In Zusammenarbeit mit der Gendarmerie werden bei der Bevölkerung Nachforschungen angestellt, und der Umkreis der Befragten erweitert sich stündlich.

In der Gegend? Lambert fragte sich besorgt, was das zu bedeuten hatte. Lagen der Polizei Zeugenaussagen oder Indizien vor, die nicht bekanntgegeben wurden? Hätte nicht ein x-beliebiger Wagen gleichen Typs aus einem anderen Département, aus Paris oder sonst woher, zum Zeitpunkt des Unfalls auf der Grande Côte sein können?
Ein Stück weiter unten stieß er auf die Erklärung.

Eine Streife der Bereitschaftspolizei hatte gestern Nachmittag zwischen drei und sechs Uhr routinemäßig in der Kurve von Boildieu, unweit der Brücke von Marpou, etwa vierzehn Kilometer nördlich der Grande Côte, eine Radarfalle aufgestellt.
Infolgedessen hat man ein ziemlich genaues Bild von Anzahl und Typ der Personenwagen, die zum fraglichen Zeitpunkt in Richtung Château Roisin gefahren sind.

Die Aufzeichnungen haben jedoch ergeben, dass kein DS19 die Stelle passiert hat, was Rückschlüsse darauf zulässt, dass der Unglücksfahrer nicht von weit her kam und vermutlich aus der hiesigen Gegend stammt.

Das war eine unmittelbare Bedrohung, und er stand beunruhigt auf. Wenn bloß Renondeau diesen Artikel nicht las.

»Sind Sie schon fertig?«

Fast hätte er geantwortet, dass er keinen Hunger habe, aber er wollte nicht auch noch in seinem eigenen Haus auffallen und Verdacht erregen.

»Was gibt es als Dessert?«

»Pfirsiche und Birnen.«

»Na schön … Und bringen Sie mir den Kaffee.«

»Ich habe Madame um die Erlaubnis gebeten, heute Nachmittag …«

Er wusste, was kommen würde.

»Ja, natürlich.«

»Und Sie? Gehen Sie nicht hin?«

»Ich werde es versuchen.«

»Die Banken haben ihren Angestellten freigegeben.«

»Ich weiß!«, erwiderte er gereizt.

Es war nicht recht von ihm gewesen zu fliehen, zugegeben. Und jetzt war es zu spät; niemand würde ihm das verzeihen. Musste er sich jetzt stellen, der Volkswut ausliefern, von einer Minute zur anderen zur Zielscheibe von Hass und Verachtung werden?

Das würde den Zusammenbruch bedeuten, nicht nur für ihn selbst, sondern auch für alle, die von ihm abhängig waren. Da konnte er genauso gut den Laden gleich dicht-machen und die Firma für bankrott erklären.

Er war überzeugt, dass selbst Marcel ihm ein solches Verhalten als persönliche Feigheit ankreiden würde, denn es würde auch seinen eigenen Ruin bedeuten.

Und Nicole? Wozu würde Nicole ihm raten? Er versuchte, es sich vorzustellen, und glaubte förmlich ihre Stimme zu hören:

»Warum wendest du dich eigentlich nicht an einen Geistlichen, an Pater Barbe, zum Beispiel?«

Pater Barbe, ein Dominikaner, war ihr Beichtvater. Er war auch für die Gewissensnöte der drei anderen Fabre-Schwestern zuständig und musste also zwangsläufig von ihm, Lambert, gehört haben. Er war ein gutaussehender Mann, und die weiße Kutte unterstrich seinen stattlichen Wuchs. Wenn er Lambert auf der Straße begegnete, versäumte er nie, ihn zu grüßen, und Lambert grüßte zurück.

Er hatte nichts gegen Pater Barbe, und auch nichts gegen den Glauben, in dem er erzogen worden war. Er war sogar lange Ministrant gewesen. Sich jetzt dem Dominikaner anzuvertrauen, ihm quasi die Entscheidung zu überlassen, erschien ihm aber doch als eine zu einfache Lösung. Genauso, wie er es zum jetzigen Zeitpunkt als Feigheit empfunden hätte, sich zu ergeben.

War es nicht viel schwieriger, standzuhalten und zu schweigen, ohne Hilfe und äußeren Beistand? Und möglichst etwaigen Fallen auszuweichen?

Er liebte Kinder bestimmt nicht weniger als andere Leute. Sein Leben lang würde ihn die Erinnerung an das verzerrte Gesicht des Busfahrers und die sorglosen

Gesichter der Jungen und Mädchen hinter den Scheiben verfolgen.

Sein Leben lang würde er glauben, die Schreie zu hören, die sie in ihrem Glutofen ausgestoßen hatten und vor denen er geflohen war. Und über die sich die Zeitungen ungehemmt ausließen, genau wie all die braven Seelen um ihn herum.

Morgen, vielleicht schon heute Abend, würde die Stadt wieder ihr normales Gesicht haben. Der Zug würde die Särge am Nachmittag nach Paris bringen. Und in ein paar Tagen würde man das Wrack des Busses entfernen, der ein Loch in die Außenmauer des Schlosses gerissen hatte.

Die Polizei und die Gendarmerie würden ihre Nachforschungen noch eine Weile fortsetzen. Die kleine Lucienne Gorre würde, wenn sie davonkam, mit ihrem Vater nach Paris zurückkehren.

Die Leute würden die Sache nach und nach vergessen, aber er nicht: Die Erinnerung an jene zwei oder drei Minuten oder sogar nur Sekunden würde sein ganzes Leben verdüstern.

Es gäbe auch nicht den Trost, in Edmondes Augen einen Widerschein seiner eigenen Ängste zu entdecken. An Edmonde schien die Tragödie spurlos vorübergegangen zu sein.

Im Moment konnte er nicht einmal Zuflucht beim Alkohol suchen, aus Angst, sich dann zu verraten. Er musste sich in der Gewalt haben, musste seine Gesten, seine Stimme und seinen Gesichtsausdruck kontrollieren können. Und wenn er jetzt irgendeine Geschäftsreise erfand und sich damit allem entzog ... Unsinn! Damit würde er den Verdacht erst recht auf sich lenken.

Er warf sich aufs Bett, um seinen Mittagsschlaf zu halten, was ihm seit den Ferien, die er mit seiner Frau in Saint-Tropez verbracht hatte, nicht mehr passiert war. Entgegen seiner Erwartung schlief er fast auf der Stelle ein. Er wachte erst wieder auf, als er die Tür gehen hörte. Er fuhr in die Höhe und sah zu seiner Überraschung seinen Bruder vor sich stehen. Marcel wirkte ebenso überrascht wie er.

»Ich habe dich überall gesucht.«

»Wie spät ist es?«

»Viertel nach drei. Ich habe deinen Wagen unten stehen sehen, aber weil du nirgends warst, dachte ich, du seist zu Fuß in die Stadt gegangen.«

»Ich habe mich ein wenig ausgeruht.«

»Ich wollte deine Meinung hören. Aber schließlich habe ich die Entscheidung allein getroffen und dem Büropersonal freigegeben. Die meisten Firmen haben ...«

»Ich weiß.«

»Bei den Arbeitern war das nicht möglich, so in letzter Minute ...«

»Ja.«

Er hatte sich steif erhoben und ging ins Badezimmer, um sich das Gesicht mit kaltem Wasser zu waschen.

»Ich habe Angèle nicht in der Küche gesehen ...«

»Die ist auch hingegangen.«

»Und du? Gehst du auch?«

Er gab keine Antwort.

»Der Trauerzug setzt sich um vier Uhr vom Hôtel de Ville aus in Bewegung.«

Er trocknete sich das Gesicht ab. Sein Bruder machte noch immer keine Anstalten zu gehen.

»Joseph!«, sagte Marcel nach einem Zögern.

»Ja.«

Er spürte, dass dies die bisher wichtigste Schlacht war, und fühlte sich wider Erwarten gerüstet, sie zu gewinnen. Die unmittelbare Gefahr gab ihm seine Ruhe und seine Kaltblütigkeit zurück. Vielleicht, weil er es mit Marcel zu tun hatte.

»Ja? Ich höre.«

»Sieh mich mal an.«

»Gerne.«

Er sah ihm direkt ins Gesicht, das Frottiertuch noch immer in der Hand.

»Bist du derjenige?«

»Nein.«

Dieses Nein kam so einfach und überzeugend, dass sich Marcels Gesichtsausdruck sichtbar veränderte. Seine Züge entspannten sich.

»Du machst dir doch klar, was das bedeutet, nicht wahr?«

»Es dürfte einem reichlich schwerfallen, sich das nicht klarzumachen.«

»Du sagst mir auch bestimmt die Wahrheit?«

»Bestimmt. Du kannst dich unbesorgt dem Trauerzug anschließen.«

»Und du?«

»Ich gehe nicht.«

»Warum?«

»Weil mich der ganze Rummel so schon genug mitgenommen hat.«

Marcel blickte ihm ein letztes Mal prüfend in die Augen und murmelte dann fast widerstrebend, bevor er sich zum Gehen wandte:

»Ich glaube dir.«

In der Tür blieb er nochmals stehen und drehte sich zu seinem Bruder um.

»Ich hoffe, du nimmst es mir nicht übel, dass ich ...«

»Aber nein.«

Und er war kühn genug hinzuzufügen:

»Es hätte mir ja auch wirklich passieren können.«

Noch nie im Leben hatte er so gut gelogen, und noch nie hatte ihn eine Lüge so viel gekostet. Er hörte die Schritte seines Bruders im Treppenhaus, hörte, wie sich Türen öffneten und schlossen und dann, wie der Motor angelassen wurde.

Jetzt war er allein im Haus. Vom hinteren Ende des Bauhofs kam das schrille Geräusch einer Motorsäge, und die Nordafrikaner marschierten immer noch im Gänsemarsch den Steg hinauf und hinunter, der den Frachtkahn mit dem Ufer verband.

Edmonde war offensichtlich auch gegangen, wie die anderen. Das war gut so.

Er blieb lange am Fenster stehen und sah geistesabwesend dem Ausladen zu. Dann steckte er sich eine Zigarette in den Mund. Er wollte sie gerade anzünden, als ihm etwas aus der übervollen Brust in den Hals hinaufstieg. Er stand da, mit schlaff hinunterhängenden Armen, und brach in Tränen aus, während er weiter auf den Kanal hinausstarrte; das Wasser seiner Augen ließ ihn verschwimmen.

Er war allein und musste sein Gesicht nicht verstecken.

5

Als er um sieben das Café Riche betrat, hätte man meinen können, die Menschen hätten ihre Gefühlsvorräte erschöpft. Nach gerade mal vierundzwanzig Stunden ununterbrochenen Mitgefühls, vor allem nach der feierlichen Abschiedszeremonie am Bahnhof, waren die Leute abgespannt und ausgelaugt nach Hause geeilt, um sich möglichst schnell wieder ihren Alltagssorgen zu widmen.

Auf der Place de l'Hôtel-de-Ville war die Trauerdekoration schon wieder entfernt worden, und es war kaum eine Menschenseele unterwegs. Höchstens fünf oder sechs Personen standen vor den Büros der Zeitung, um die letzten Meldungen über den Zustand von Lucienne Gorre zu lesen, der nach wie vor zufriedenstellend war.

Im Café hatten die meisten Stammgäste schon Platz genommen, konnten sich aber noch nicht recht zu ihrer üblichen Runde entschließen. Théo, der Kellner, brachte ihnen ganz einfach die rote Filzunterlage und die Spielkarten, wie um damit kundzutun, dass das Leben wieder seinen normalen Gang gehe.

Auch am vordersten Tisch war alles für das Spiel bereit, und man wartete nur noch auf den vierten Mann, auf Lambert. Lescure war bereits da, außerdem Nédelec, der Getreidehändler, und Capel, der Geschichtslehrer.

»Warst du da?«, fragte Lescure, als Lambert sich setzte.

Sie waren die beiden Einzigen, die sich duzten, da sie zusammen zur Schule gegangen waren.

»Nein.«

»Ich auch nicht. Nach allem, was man hört, hat die Stadtverwaltung wenigstens einmal was Ordentliches zustande gebracht.«

Weisberg, der sich nicht so regelmäßig wie die anderen einfand, war nicht da. Es kam vor, dass er erst gegen Schluss dazustieß, wenn einer der Spieler bereits aufbrechen wollte, um dann noch eine Runde mitzuspielen.

»Fangen wir an?«

Sie losten aus. Capel war der Typ Spieler, der an nichts anderes mehr denkt, wenn er einmal die Karten in der Hand hatte, jede Unterbrechung irritierte ihn. Er war Junggeselle, wohnte in einer Familienpension und beklagte sich ständig über das Essen.

»Auf unseren Freund Benezech«, meinte Nédelec, »werden wir wohl ein paar Tage verzichten müssen.«

»Vor allem, da jetzt dieser junge Chevalier gekommen ist!«, ergänzte Lescure, der gerade am Mischen war.

Die Lampen warfen ein helles Licht auf die Spieler. Gegenüber, am Tisch des Metzgers, waren die Belote-Spieler vollzählig versammelt, und wie immer standen ein paar Zuschauer herum und sahen den Kartenspielern zu.

»Ach so, Sie können ja nicht wissen, wer das ist. Den Namen Chevalier kennt man nur in der Versicherungsbranche, in der Presse oder so werden Sie ihn nicht finden.«

»Was macht der denn?«

»Er ist so eine Art Superpolizist. Er hat sein Abitur schon mit fünfzehn gemacht und dann an verschiedenen

Elitehochschulen studiert. Er arbeitet jetzt für die Gesellschaft, bei der der Bus versichert war. Vorhin habe ich ihn zufällig gesehen, als er gerade im Hôtel de France abgestiegen ist. Man könnte ihn für einen Studenten halten, obwohl er wahrscheinlich schon über dreißig ist.

Bei Benezech wird er sich nicht blicken lassen, aber der weiß todsicher, dass er hier ist. Chevalier hat zur Auflage, dass er keinen Kontakt zu offiziellen Stellen aufnimmt. Er konsultiert auch keine Sachverständigen, sondern recherchiert ganz für sich allein, auf seine Art. Egal, ob es sich um einen Juwelendiebstahl, einen zweifelhaften Selbstmord oder einen Unfall wie den von gestern handelt. Ob er für die Aufklärung ein paar Wochen oder ein paar Monate braucht, ist ihm einerlei, und die Gesellschaft lässt ihm völlig freie Hand.«

»Ein Kreuz.«

»*Passe.*«

»Ein Pik.«

»*Passe.*«

»Zwei Herz.«

»*Passe.*«

»Drei ohne.«

Capel spielte drei ohne, und Lescure, der in dieser Runde aussetzte, fuhr fort:

»Heute Morgen habe ich einen Anruf meiner Direktion aus Paris bekommen. Die sind ganz aus dem Häuschen. Die haben natürlich Schiss, und das verstehe ich. Sie wollten wissen, wie viele Wagen des gesuchten Typs bei mir hier versichert sind.«

»Und wie viele sind das?«

»Dreiundzwanzig, einschließlich der Wagen von Lambert und Benezech. Die Taxis nicht mitgerechnet, die haben eine Sonderpolice.«

Lambert war betroffen von dieser Bemerkung; dennoch spielte er seine Karte aus, ohne mit der Wimper zu zucken.

»Wovor haben die denn Angst?«, fragte er.

»Ja, verstehst du denn nicht? Dass man morgen oder übermorgen den Burschen entdeckt, der den Unfall verursacht hat, und dass es womöglich einer unserer Kunden ist. Das könnte uns viele Millionen kosten.«

»Millionen!«, rief Nédelec.

»Es ist jetzt kaum zwei Monate her, dass der Witwe eines Schrankenwärters per Gerichtsurteil hundertfünfzigtausend Franc Schadenersatz zugesprochen wurden. Ihr Mann war von einem LKW erfasst und tödlich verletzt worden, als er gerade dabei war, die Bahnschranke zu schließen. Im Bus waren achtundvierzig Kinder. Das macht achtundvierzig mal hundertfünfzigtausend. Dazu kommen noch der Fahrer und die beiden Begleiterinnen. Das ist ein Schlag, der eine Versicherungsgesellschaft ins Schleudern bringen kann.«

»Sie sind dran, Lambert«, brummte Capel. »Sind wir heute Abend eigentlich zum Diskutieren da oder zum Spielen?«

»Entschuldigung. Was haben Sie noch mal gesagt?«

»Herz.«

Sie spielten eine Zeitlang schweigend weiter.

»Deswegen haben die anderen auch Chevalier geschickt.«

Lescure kam von dem Thema nicht los, er wirkte besorgt.

»Damit er den Beweis erbringt, dass die Schuld an dem Unglück beim Fahrer des Citroën liegt?«, warf Lambert ein.

»Jedenfalls soll er es versuchen.«

»Dann werden sich also die beiden Gesellschaften in die Haare geraten, wenn man diesen Mann findet?«

»Ja, wahrscheinlich.«

»Und beide werden versuchen, die jeweils andere haftbar zu machen?«

Für Lescure war das so sonnenklar, dass er nur die Achseln zuckte.

»Und wenn man ihn nicht findet?«, bohrte Lambert weiter.

»Was weiß ich ... Einen Prozess gibt es in jedem Fall, und der wird sich über zwei, drei oder sogar mehrere Jahre hinziehen.«

»Finden Sie nicht, Messieurs, dass heute Abend reichlich viel geredet wird? Sind wir hier eine Versicherungsgesellschaft oder eine Bridge-Runde?«

Capel, der knapp verloren hatte, war schlecht gelaunt.

»Wer gibt?«

»Immer der, der fragt.«

Lambert spielte mechanisch weiter, war aber innerlich mehr mit Lescures Worten als mit dem Spiel beschäftigt. Er hatte sich beherrschen müssen, um seiner Entrüstung nicht freien Lauf zu lassen und ihnen lautstark »Saubande!« an den Kopf zu werfen, wie ihm das in Abständen immer wieder passierte.

Für die da drehte sich das Ganze schon gar nicht mehr um die toten Kinder, um das kleine Mädchen, das vielleicht sein Leben lang ein Krüppel bleiben würde. Für sie drehte sich alles um Geld. Es ging gar nicht darum, im Namen der Gerechtigkeit den Schuldigen zu entlarven, sondern darum, wer zu zahlen hatte.

Und dieser großartige Chevalier war bereits zur Stelle und gab gut acht, dass er nicht mit den offiziellen Ermittlungsbehörden in Berührung kam, um möglichst freie Hand zu behalten.

Eine Frage brannte ihm auf den Lippen, aber dann schluckte er sie doch hinunter.

›*Mal angenommen*‹, hätte er Lescure am liebsten gefragt, ›*der Unglücksfahrer käme heute zu dir und würde dir gestehen, dass er durch seine Unvorsichtigkeit den Unfall verursacht hat ...*‹

Lescure war ein ehrenwerter und integrer Mann, davon war er überzeugt. Aber er gehörte seit dreißig Jahren der Versicherungsgesellschaft an, und seine Existenz hing von ihr ab.

›*Stell dir vor, dieser Mann wäre einer deiner Versicherten. Und sollte er auch Benezech erzählen, was er dir erzählt hat, dann würde euch das, wie du eben gesagt hast, womöglich Millionen kosten ... Was würde dann geschehen?*‹

Auch die Versicherungsbosse in Paris waren vermutlich das, was man landläufig ehrenwerte Leute nennt.

Zum ersten Mal seit vierundzwanzig Stunden lächelte Lambert plötzlich vor sich hin, aber es war ein bitteres und zugleich grausames Lächeln. Er stellte sich nämlich vor, wie Lescure schreckensbleich zum Telefon greifen und seine Vorgesetzten in Paris anrufen würde. Oder eher nicht: So etwas machte man nicht per Telefon. Es stand zu viel auf dem Spiel, als dass man da eine Indiskretion riskieren würde.

Lescure würde wahrscheinlich den Betreffenden anflehen, das alles noch ein oder zwei Tage für sich zu behalten, und sofort den nächsten Zug nach Paris nehmen.

Und dann?

Lambert war inzwischen in einer Verfassung, in der er aus reiner Neugier am liebsten die Probe aufs Exempel gemacht hätte.

»Pik ist verlangt, Lambert.«

»Entschuldigung.«

Würde die Versicherungsgesellschaft dann ebenfalls den Betreffenden bitten, die Sache totzuschweigen? Würde sie vielleicht sogar einen ihrer eigenen Inspektoren, natürlich auch einen Topagenten, gegen diesen Chevalier ins Rennen schicken, damit er die Spuren verwischte?

Vielleicht nicht. Er konnte das wirklich nicht einschätzen. Würde man ihn zum Beispiel bitten, seine Begleiterin nicht zu erwähnen und zu verschweigen, was sich zum Zeitpunkt des Unfalls zwischen ihnen abgespielt hatte?

»Warum haben Sie um Gottes willen den König gespielt, Lescure? Es war doch mein As!«

Lescure war zerstreut, und Capel wurde ärgerlich. Der Metzger am Tisch gegenüber war bereits bei seinem vierten oder fünften Aperitif, redete von Mal zu Mal lauter und schlug mit der Faust auf den Tisch.

Lambert war nur deshalb ins Café Riche gekommen,

weil er es in dem leeren Haus nicht länger ausgehalten hatte. Er hatte sich dann doch ein großes Glas Cognac eingegossen, ihn hinuntergekippt und die Hand schon wieder nach der Flasche ausgestreckt. Erst in letzter Sekunde hatte er sich zurückhalten können.

Noch nie in seinem Leben hatte er so sehr das Bedürfnis gehabt, sich zu besaufen.

Nicole würde spät zurückkommen. Angèle, ganz in Schwarz, mit schwarzen Handschuhen und einem kleinen Schleier vor dem Gesicht, war um Viertel vor sechs zurückgekommen, mit einem Gesicht, als käme sie vom sonntäglichen Gottesdienst.

»Sie hätten auch hingehen sollen.«

Sie geriet geradezu in Ekstase und fügte hinzu:

»Sie glauben nicht, wie schön es war, wie ergreifend! Mit all den Kindern aus dem Waisenhaus und den Pfadfindern, die am Bahnhof Spalier gestanden haben …«

Er würde bald nach Hause gehen. Er würde mit seiner Frau zu Abend essen und dann, da heute kein Ausgehtag war, im Salon sitzen.

Die Aussicht auf einen solchen Abend war so deprimierend, dass er am liebsten weitergetrunken hätte, und er war wütend, dass er sich das verkneifen musste, denn sonst wäre er zu redselig geworden. Er hatte hier im Café Riche wohlweislich nur einen Aperitif getrunken, und dabei sollte es auch bleiben.

Er kam sich hier auf seiner Polsterbank wie im Exil vor, und er begann, all diese Gestalten zu hassen, die er tagtäglich vor Augen hatte, egal, ob sie blass oder dunkel, schmal oder aufgedunsen waren, einen gebeugten Rücken oder ein Hohlkreuz hatten, laut oder leise sprachen. Vor allem Capel reizte ihn, ohne dass er wusste, warum. Er erinnerte ihn an eine Ratte.

Die Gäste kamen und gingen. Er kannte die meisten von ihnen und deutete durch eine Handbewegung oder ein Brummen einen Gruß an. Einer seiner Kunden kam zu ihm an den Tisch und erzählte ihm halblaut von einem Dach, das repariert werden müsse. Lambert zog das Gespräch möglichst in die Länge, um Capel zu ärgern, dessen Gesicht bereits nervös zuckte.

In diesem Moment betrat eine junge Frau das Lokal; ein Hauch ihres Parfüms streifte ihren Tisch, als sie vorüberging. Auch sie kannte er. Sie hieß Léa, und er war hier im Lokal nicht der Einzige, der mit ihr intim geworden war. Nur gaben es die anderen nicht zu.

Sie war nicht wie die gewöhnlichen Prostituierten, die man bei Victor antraf, und noch weniger wie die, die nachts in der Nähe der Place de l'Hôtel-de-Ville herumstrichen. Sie gehörte auch nicht zur Kategorie der Animierdamen vom Moulin Bleu, dem schummrigen Nachtclub, der sechs Monate zuvor eröffnet worden war und wo nie mehr als zwei oder drei Gäste verschämt in einer Ecke saßen.

Lambert schätzte, dass vor Léa schon gut ein Dutzend anderer Mädchen mit Zustimmung des Wirts und der stillschweigenden Duldung von Benezech regelmäßig ins Café Riche gekommen war. Sie blieben meist ein paar Wochen oder Monate in der Stadt und verschwanden dann eines Tages wieder, ohne dass man erfahren hätte, ob sie von einem Durchreisenden weggelotst worden waren oder hier einfach nicht genug verdient hatten.

Léa jedoch hielt die Stellung seit einem Jahr. Sie war appetitlich und mollig und wirkte mit ihrem heiteren Wesen und der unaufdringlichen, ansprechenden Aufmachung eher wie eine ausgehaltene Frau als wie eine Prostituierte.

Zwei oder drei Mal – genau gesagt drei Mal – hatte Lambert sie mitgenommen; die beiden letzten Male vor aller Augen, er hatte sich nach dem Bridge an ihren Tisch gesetzt und sie dann aus dem Lokal geführt. Die anderen dagegen gaben ihr eher ein Zeichen, wenn sie an ihrem Tisch vorbei zur Toilette gingen, und trafen sie hinterher draußen vor dem Lokal.

»Messieurs ...«, sagte Capel verzweifelt. »Jetzt konzentrieren Sie sich doch bitte einmal auf das Spiel. Ich habe vier ohne gesagt.«

Er starrte seinen Partner Lescure an; offenbar befürchtete er, dass der nicht kapierte, worauf er hinauswollte.

»*Passe*«, seufzte Lambert.

»Fünf Kreuz«, sagte der Versicherungsmakler lahm, der offenbar nur ein schwaches Blatt hatte.

»*Passe.*«

»Fünf ohne.«

Lescure hob die Schultern wie einer, der mit seiner Weisheit am Ende ist.

»Sechs Kreuz«, murmelte er schließlich. »Bitte, Sie haben es ja so gewollt.«

Lambert hatte unterdessen einen Entschluss gefasst. Er würde diesen Abend nicht zu Hause bei seiner Frau verbringen und ihr beim Stricken zuschauen, er würde auch nicht Radio hören oder Zeitungen lesen, die noch voll von Berichten über die Katastrophe waren. Er würde diesen Abend mit Léa verbringen. Nicht weil er Lust gehabt hätte, mit ihr zu schlafen, sondern weil er das Bedürfnis hatte, mit einer Frau zusammen zu sein, die für ihn nicht von Bedeutung war und bei der er sich entspannen konnte.

»Sie spielen die sechs Kreuz?«

»Ja.«

Dieses Bedürfnis hatte ihn schon oft überfallen, sogar bei ganz gewöhnlichen Straßenmädchen.

»Ich mache natürlich einen *Impasse*. Sie haben den Karo-Buben? In diesem Fall steche ich das Herz-As, spiele das höchste Kreuz, nochmals Kreuz, und die Sache ist gelaufen!«

Capel legte die Karten auf den Tisch und rückte seinen Stuhl etwas zurück, um sich in Positur zu setzen: Er hatte den Kleinschlemm geboten und geschafft und auch den Großschlemm gespielt, doch da hatte ihn Lescure seiner Meinung nach nicht bis zum Schluss unterstützt.

Da Lambert eine Runde aussetzen musste, stand er auf und murmelte:

»Entschuldigen Sie mich einen Augenblick, Messieurs?«

Er ging jedoch nicht zur Toilette, sondern zu dem Tisch hinüber, an dem Léa bei einem Glas Portwein saß, ihm lächelnd entgegensah und auf ihrer Bank beiseiterutschte, um ihm Platz zu machen.

»Na, wie geht's?«, fragte sie und streckte ihm die Hand hin.

Er drückte sie mechanisch, setzte sich neben sie und betrachtete von weitem seine Spielpartner, die zu ihm herüberschielten.

»Bist du heute Abend frei?«

»Sie wissen doch, ich bin immer frei.«

»Gut. Wo möchtest du zu Abend essen?«

Sie zögerte eine Sekunde.

»Vielleicht im Tonne d'Or?«, schlug sie dann vor.

Das Restaurant des Hôtel de France war das eleganteste in der Stadt, aber im Tonne d'Or, einem Kellerlokal in einer Seitengasse neben dem Markt, aß man am besten – und auch am teuersten.

»Einverstanden!«, sagte er. »Da ist es wenigstens nicht zu voll. Ich muss allerdings erst noch zum Essen nach Hause. Aber du gehst schon vor und bestellst dir was. Ich komme dann nach, sobald ich kann.«

»Sie werden mich doch nicht versetzen?«

Er zuckte nur die Achseln.

»Erlaubt es Ihnen Ihre Frau nicht, mal auswärts zu essen?«

Wegen dieser Bemerkung hätte er sein Vorhaben beinahe sausenlassen.

»Tu, was ich dir sage, der Rest geht dich nichts an.«

Er stand auf und ging wieder zu den anderen hinüber.

»Du gibst«, sagte Lescure und reichte ihm die Karten. »Siehst du den Gast dort an dem Tisch bei der Kasse?«

Lambert wandte den Kopf und sah einen hageren jungen Mann, der einen ziemlich arroganten Eindruck machte, eine Art Super-Marcel. Er gab gerade eine Bestellung auf.

»Was ist mit dem?«

»Das ist er – Chevalier.«

»Na und?«

»Nichts. Ich wollte ihn dir nur zeigen, weil ich vorhin von ihm gesprochen habe. Ich möchte wetten, dass er noch nicht mal zum Château Roisin gefahren ist. Das interessiert ihn nicht, so was. Aber was sich hier in der Stadt so tut, darüber weiß er noch vor morgen Abend mindestens so gut Bescheid wie wir.«

»Ich habe ›ohne‹ gesagt«, meinte Capel mit Nachdruck, wobei er beide Silben betonte und böse in die Runde schaute.

Das ging so weiter bis Viertel nach acht, und Capel war der große Gewinner. Dann standen die vier auf und verabschiedeten sich flüchtig voneinander, wie man es macht, wenn man sich häufig sieht. Kurz darauf saß Lambert am Steuer des 2CV und fuhr nach Hause.

Die Anwesenheit dieses Chevalier im Café Riche hatte ihm zuletzt doch noch zugesetzt, er hatte lauter gesprochen als sonst, hatte das Bedürfnis gehabt anzugeben, als wolle er die Aufmerksamkeit auf sich lenken. Er schwor sich, solche Kindereien künftig zu unterlassen. Das war unabdingbar.

Seine Frau war zurück und hatte den Wagen auf der Straße geparkt. Er traf sie im Salon an. Sie wirkte müde und abgespannt und war dabei, die Zeitschriften zu ordnen.

»Hab ich dich warten lassen?«

»Das Essen ist gerade fertig. Soll ich auftragen lassen?«

Sie stand auf, gab Angèle Bescheid und kam in den Salon zurück.

»Warst du bei deinem Bridge?«

»Ja.«

»Gehst du heute Abend noch weg?«

Warum suchte er nach einer Entschuldigung? Normalerweise legte er über sein Tun und Lassen keine Rechenschaft ab; wenn er ausgehen wollte, dann tat er das, ohne zu sagen, wohin.

»Ich bin noch mit einem Kunden verabredet.«

Sie fragte nicht nach dessen Namen. Sie wusste, dass er log, ließ sich jedoch nichts anmerken.

»Wie geht's deiner Schwester?«, erkundigte er sich nun seinerseits.

»Sie hat sich wieder gefangen. Die Kleine scheint allerdings die Masern zu bekommen. So ein Pech, gerade wenn das neue Schuljahr beginnt! Doktor Jussieu kommt heute Abend. Wenn sie wirklich Masern hat, steckt sie ihren Bruder bestimmt auch an …«

Nicole berichtete weder von der Trauerfeier im Hôtel de Ville noch von dem Zeremoniell am Bahnhof. Von bestimmten Bereichen war er einfach ausgeschlossen. Für sie stand fest, dass ihn so etwas nicht interessierte oder dass er gar nicht in der Lage war, an so etwas Anteil zu nehmen. Dies galt zum Beispiel auch für all die karitativen Vereinigungen, in denen sie mitwirkte, für ihre Aktivität in verschiedenen Ausschüssen und natürlich für alles, was mit religiösen Dingen zu tun hatte.

»Marcel hat mir erzählt, dass ihr den Angestellten auch freigegeben habt.«

Was hatte Marcel ihr sonst noch erzählt? Hatte er ihr etwas von seinem Verdacht gesagt und von der Unterredung im Badezimmer?

Aber seit wann kümmerte es ihn, was man über ihn sagte oder auch nicht sagte? Er musste hier raus, musste der Atmosphäre dieses Hauses entfliehen, wo er sich nicht mehr heimisch fühlte, seit es umgebaut worden, seit es nicht mehr das Haus seiner Eltern war. Alles war zu aufgeräumt, zu hell, zu sauber, von einer geradezu penetranten Sauberkeit, die nicht die gute alte Sauberkeit seiner Mutter war. Es war jetzt Nicoles Haus, und es war ihre Ordnung und ihre Sauberkeit.

Stimmte das? Er war nicht sicher. Schließlich hatte er die Pläne für den Umbau selbst entworfen. Und hatte er nicht immer von einem solchen Haus geträumt?

Vielleicht nahm seine Frau den Haushalt einfach zu ernst und maß ihm zu viel Bedeutung bei.

Außerdem entfloh sie ja selbst, sooft sie nur Gelegenheit dazu hatte, ging zu Jeanne, wo man in der Küche aß und sich jeder sein Essen selber nahm, und tauchte dort in die Unordnung ein.

»Kein Dessert?«

»Nein.«

»Kommst du spät zurück?«

»Wahrscheinlich. Ich weiß noch nicht.«

»Vergiss nicht, den Wagen in die Garage zu stellen.«

Warum sagte sie das? Hatte sie irgendwelche Hintergedanken? Am Vorabend hatte er das Auto über Nacht draußen stehen lassen, und das war schon häufiger vorgekommen.

Er beobachtete sie verstohlen, konnte aber nicht herausfinden, ob sich hinter ihrer Bemerkung eine Absicht verbarg.

»Gute Nacht.«

»Gute Nacht, Joseph.«

Die Art, wie sie seinen Namen sagte, hatte immer etwas Mütterliches, das ihn in Rage brachte. Sie gab ihm sozusagen ihren Segen, erteilte ihm schon im Vorhinein ihre Absolution. Sie wusste ja, dass er Dummheiten machen würde. Und sie wusste auch, dass er nichts dafür konnte, weil er eben so veranlagt war. Genau das bedeutete ihr salbungsvolles »*Gute Nacht, Joseph*«.

Erst als er hinter dem Steuer seines Wagens saß und durch ein paar stille dunkle Straßen gefahren war, begann er sich allmählich wieder als Mann und nicht als ein Kind zu fühlen, als schwaches oder krankes Wesen, das den Schutz einer Frau nötig hat.

Er parkte den Wagen an der Stelle des Einbahnsträßchens, wo man hinter rotkarierten Gardinen die Lichter im Tonne d'Or sah. Er stieß die Eingangstür auf und war sofort von warmem Küchenduft umhüllt. Fred, der Patron, kam ihm in weißer Schürze und Kochmütze entgegen und drückte ihm die Hand.

»Das ist aber eine nette Überraschung, Monsieur Lambert!«

Dabei hatte Fred von Léa natürlich erfahren, dass er kommen würde. In dem niedrigen Raum saßen außer ihnen nur vier Schweizer, zwei Männer und zwei Frauen, sie waren alle blond und sahen aus wie Geschwister.

Léa hatte sich einen Tisch gleich bei dem großen Kamin ausgesucht, der von Kupferkesseln umrahmt war. Zum zweiten Mal an diesem Abend streckte sie ihm die Hand entgegen.

»Da sind Sie ja schon! Haben Sie denn in der kurzen Zeit zu Abend essen können?«

Sie selbst aß gerade Rinderfilet in Salzkruste, eine von Freds Spezialitäten, und hatte dazu eine Flasche Beaujolais bestellt.

»Möchten Sie nicht auch etwas davon?«

»Ein Glas Wein trinke ich. Aber Fleisch nicht, danke.«

»Waren Sie heute Nachmittag bei der Trauerfeier?«

»Nein.«

»Ich auch nicht. So etwas macht mich ganz krank. Gestern Abend hab ich zwar noch eine Weile Radio gehört, aber dann bin ich ins Bett und habe gelesen.«

Vielleicht war es ein Fehler gewesen, sich hier und nicht an einem anderen Ort mit ihr zu treffen? Vielleicht war die ganze Verabredung ein Fehler? In einem vornehmen Lokal wie diesem fühlte sie sich offenbar genötigt, anders zu reden als sonst, was überhaupt nicht zu ihr passte. Er sah sie enttäuscht an und überlegte, ob er nicht einen Geldschein auf den Tisch legen und wieder weggehen solle.

Aber wohin? Im Übrigen hatte sie offenbar gemerkt, dass sie etwas falsch gemacht hatte.

»Was haben Sie denn heute Abend?«

»Nichts.«

»Haben Ihre Freunde vorhin nichts gesagt?«

»Inwiefern?«

Sie musste lachen.

»Weil Sie sich in aller Seelenruhe mitten im Café Riche mit mir verabredet haben. Im Allgemeinen machen das nur Männer, die auf der Durchreise sind. Die anderen haben zu viel Angst.«

»Wovor?«

»Das fragt er noch! Großartig! Vor ihren Frauen natürlich. Und auch vor dem, was die Leute sagen.«

Man hatte ihm ein Glas gebracht, und er schenkte sich von dem Beaujolais ein.

»Geben Sie zu, dass Sie etwas bedrückt.«

»Ich gebe gar nichts zu.«

»Die letzten Male waren Sie aber anders. Da hat man gespürt, dass Sie gut drauf waren.«

»Und heute?«

»Stimmt es etwa nicht?«

Ihr Lächeln verdeckte kaum, dass sie ihre Frage eigentlich ernst meinte. Aber dann merkte sie, dass sie sich schon wieder vertan hatte.

»Dann stimmt es also nicht. Tut mir leid. Sie sind vielleicht anders, aber ich bin eben so daran gewöhnt, dass sich alle etwas von der Seele reden wollen …«

»Nur reden?«

»Klar, das andere kommt natürlich auch noch. Aber das ist nicht das Entscheidende. Sie wollen vor allem reden, sich aussprechen.«

»Wer, zum Beispiel?«

»Also, wenn Sie's genau wissen wollen: Allein an Ihrem Tisch vorhin gab es zwei davon.«

»Lescure?«

»Welcher ist das?«

»Der Große im braunen Anzug mit der Rosette der Ehrenlegion.«

»Nein. Der hat mich noch nie angesprochen. Ich glaube auch nicht, dass er je in Versuchung war.«

»Nédelec?«

»Namen kann ich mir nicht merken. Aber wenn es der kleine Dicke ist, der mit Getreide handelt …«

»Ist er oft mit dir zusammen gewesen?«

»Zwei Mal. Beim ersten Mal habe ich das Lokal verlassen und war mir praktisch sicher, dass er mir ein Zeichen gegeben hatte. Ich bin langsam die Straße hinuntergebummelt und vor allen Schaufenstern stehen geblieben. Durch die halbe Stadt musste ich laufen, bevor er sich aufraffen konnte, mich anzusprechen. Ein armer Kerl ist das. Er ist sehr unglücklich.«

»Weil er seine Frau verloren hat?«

»Auch deswegen. Er hat sie gern gehabt. Aber es ist vor allem wegen seiner Tochter.«

»Er hat dir von seiner Tochter erzählt?«

»Nur von ihr, und zum Schluss war es wie in einer Sprechstunde. Ich weiß, dass sie Yvonne heißt, achtundzwanzig Jahre alt und taubstumm ist. Auch sonst ist sie nicht … Na ja, wie andere Mädchen.«

Lambert hatte sie oft auf der Straße gesehen, in Begleitung der Haushälterin. Aber er hatte noch nie etwas davon gehört, dass sie geistig zurückgeblieben sei. Und das wollte Léa offenbar andeuten.

Yvonne war etwas unförmig, irgendwie unfertig, ohne dass man auf Anhieb sagen konnte, woran es ihr fehlte.

»Sie war gerade erst acht, als ihr Vater dazugekommen ist, wie sie einem weinenden kleinen Jungen die Kleider vom Leib riss. Interessiert Sie das überhaupt?«

»Erzähl nur weiter.«

»Später, als sie in die Pubertät gekommen war, ist sie auf Männer losgegangen.«

124

»Und hat ihnen auch die Kleider vom Leib gerissen?«, fragte er ironisch.

»Unsinn! So was ist nicht zum Lachen. Sie hat sich jedem, der in ihre Nähe kam, praktisch an den Hals geworfen, so dass man sie nie ohne Aufsicht lassen konnte. Es hat dann einen Vorfall mit einem Gasmann gegeben, der schon dabei war, die Situation auszunutzen. Die Haushälterin ist praktisch in letzter Minute dazugekommen …«

Nédelec hatte weder ihm noch den anderen jemals etwas davon erzählt. Außer Léa und vielleicht ein paar Ärzten wusste wohl niemand in der Stadt davon.

Sie schwiegen eine Weile, während der Kellner abräumte und Léa eine beeindruckende Karte entgegenhielt, auf der in roter Schrift die Dessertspezialitäten verzeichnet waren.

»Hatten Sie zu Hause schon ein Dessert?«

»Nein.«

»Dann essen Sie mit mir *Crêpes Suzette*?«

»Wie du willst.«

Als der Kellner wieder außer Hörweite war, fuhr sie halblaut fort:

»Der Arme hatte ein großes Bedürfnis, sich bei jemandem auszusprechen, vor allem, weil der Arzt zu einer Operation geraten hatte, zu einer Sterilisation. Er fand den Gedanken schrecklich. Da hab ich ihm erzählt, dass man mir auch beide Eierstöcke rausgenommen hat und dass mich das nicht daran hindert, mein Leben zu genießen, und zwar in jeder Hinsicht.«

Lambert erinnerte sich an die Narbe, sie war ihm aufgefallen, als sie sich zum ersten Mal vor ihm ausgezogen hatte.

»Aber er ist dann doch noch mit dir ins Bett?«, fragte er ohne erkennbare Ironie.

»Ja, sicher.«

»Und warum hast du dich operieren lassen? Aus Angst, Kinder zu kriegen?«

»Bei mir war das was ganz anderes. Ich war sterbenskrank, als ich ins Krankenhaus kam, und da haben sie mich nicht lange nach meiner Meinung gefragt.«

»Du hast ihn noch mal wiedergesehen?«

»Ja, vor drei Wochen. Er war ganz aufgekratzt, weil die Operation gut verlaufen war.

›Wenigstens diese Gefahr ist gebannt‹, hat er gemeint.

Soll ich dir mal sagen, was mir da so in den Sinn gekommen ist?«

Sie war plötzlich zum Du übergegangen, was sie sonst erst tat, wenn sie sich auszuziehen begann.

»Sag schon.«

»Also, es klingt vielleicht verrückt, aber so blöd ist es eigentlich gar nicht. Wenn der Ärmste einen halbwegs passenden jungen Mann für seine Tochter fände, natürlich nicht zum Heiraten, das würde keiner wollen, aber einen, der es ihr ab und zu besorgt, verstehst du? Damit man nicht dauernd Angst haben muss, dass sie sich wieder am Nächstbesten vergreift …«

Er hatte verstanden.

»Was hältst du davon?«

»Ich habe dazu keine Meinung.«

Nédelec, dem er außer beim Bridge eigentlich nie besondere Aufmerksamkeit geschenkt hatte, tat ihm leid. Seine Gedanken wanderten weiter zu Edmonde, und von ihr zu anderen Frauen und anderen Männern, die er gekannt hatte. Er dachte auch an Fernand und sogar an Marcels Frau, die zum Stadtgespräch geworden war, als sie sich eines Tages in einen jungen, am Ort gastierenden Pianisten verliebt hatte und erst in letzter Sekunde auf dem Bahnsteig abgefangen werden konnte: Sie wollte gerade mit ihm in den Zug steigen.

Sie sahen schweigend zu, wie die Crêpes auf dem roten Kupfer-Rechaud flambiert wurden. Fred zelebrierte das persönlich, die Schweizer hatten sich umgedreht, um den Vorgang besser verfolgen zu können.

»Wunderbar!«, sagte Léa, als sie den ersten heißen Bissen auf der Zunge zergehen ließ.

»Kaffee, Monsieur Lambert?«

»Zwei Kaffee, ja.«

Lambert wartete, bis der Wirt wieder gegangen war.

»Und der andere? Es ist sicher der, der aussieht wie eine Ratte, oder?«

»Ach, ist dir der Vergleich auch gekommen? Also, den hab ich nur ein Mal gesehen, und ich habe keine Lust auf ein zweites Mal. Der ist bei mir an der falschen Adresse. Ich hatte kaum die Wohnungstür hinter mir zugemacht, da hat er mir schon erzählt, dass er ein ungezogener kleiner Junge sei und dass ich deshalb streng mit ihm sein müsse. Stell dir vor, ich war so blöd und hab nicht gleich kapiert, worauf das hinauslief.

›Mach keine Witze!‹, hab ich beim Ausziehen noch zu ihm gesagt.

Aber ihm war es bitterernst. Unglücklich und verlegen hat er dagestanden und herumgestottert. Er hatte Angst, es mir rundheraus zu sagen. Er brauche das einfach, körperlich gezüchtigt zu werden, hat er gemeint. Andernfalls ...«

»Verstehe!«, fiel Lambert ihr ins Wort.

Er war nicht richtig angewidert, aber darüber lachen konnte er auch nicht. Er war traurig. Und plötzlich tat ihm der Vergleich mit einer Ratte beinahe leid.

»Schließlich hat er sich an meiner Schulter ausgeweint und mir von seiner Kindheit in irgendeiner Stadt im Norden erzählt, Roubaix oder Tourcoing, glaube ich. Und er hat mich angefleht, mich seiner zu erbarmen.

Weißt du, ich bin ja noch nicht alt, und ich bin schließlich auch nicht jeden Tag mit einem anderen im Bett, aber Geschichten wie diese könnte ich dir massenhaft erzählen.«

»Warum hast du vorhin, als ich hineingekommen bin, eigentlich gedacht, ich möchte mich bei dir aussprechen?«

»Weil es mir plötzlich so vorgekommen ist, als hättest du auch Probleme. Im Grunde hat doch jeder Probleme. Ich hab auch welche, und wenn ich mich gehenließe, könnte ich stundenlang dasitzen und mich bemitleiden.«

»Machst du das nie?«

»Wer sollte mir schon zuhören?«

»Hast du manchmal das Bedürfnis?«

»Reden wir lieber von was anderem, von dir, von den *Crêpes Suzette* – was du willst. Was hast du vor, ich meine, nach dem Kaffee?«

»Nichts.«

»Ach so!«

Er hatte nur zwei oder drei Glas Beaujolais getrunken, dennoch war ihm heiß, das Blut war ihm in den Kopf gestiegen.

»Kommst du nicht mit zu mir?«

Sie hatte eine hübsche kleine, sehr moderne und sehr feminin eingerichtete Wohnung, die sie ihm beim ersten Mal mit dem Stolz einer Jungvermählten gezeigt hatte. Sie hatte ihn nackt herumgeführt und ihm alle Einzelheiten erläutert.

»Kümmerst du dich selbst um den Haushalt?«, hatte er gefragt.

»Wer denn sonst? Und kochen kann ich auch. Wenn du mal Lust hast auf ein Coq au Vin, wie du es noch nie gegessen hast, dann brauchst du's mir nur einen Tag davor zu sagen.«

Da war jetzt doch eine Befangenheit zwischen ihnen, und er merkte, dass sie sich überlegte, wie sie es ihm recht machen könnte. Das ging ihm auf die Nerven. Aber Nicole war noch auf, und er wollte erst nach Hause gehen, wenn sie schlief.

»Du bist doch sonst gar nicht kompliziert!«, murmelte Léa schließlich wie in einem Selbstgespräch. »Du bist einfach ein netter Kerl, der möchte, dass alle glücklich sind. Oder etwa nicht?«

Er gab ihr keine Antwort.

»Weißt du, wer hier auch ein prima Typ ist? Einer deiner Freunde, ich hab dich schon oft mit ihm zusammen gesehen. Den Kommissar meine ich, diesen Benezech. Ich bin ja mehr oder weniger von ihm und seiner Großzügigkeit abhängig, verstehst du? Er brauchte nur den kleinen Finger zu rühren, und schon müsste ich von hier verschwinden. Das würden viele an seiner Stelle ausnutzen, fast alle. Er nicht. Und das, obwohl … Glaub nicht, dass ich damit groß angeben will, aber er ist im Grunde unheimlich scharf auf mich. Einmal hab ich ihn sogar dazu gebracht, es zuzugeben.

›Wenn Sie davor Angst haben, dass ich es herumerzähle oder Sie erpressen will …‹, hab ich zu ihm gesagt.

Da ist er fast schwach geworden. Aber dann hat er sich wieder gefangen.

›Jetzt geh schon, Kleines‹, hat er gesagt. ›Hau schon ab!‹ Und dann hat er noch so seltsam hinzugefügt, in ein paar Jahren, wenn er im Ruhestand sei, könnten wir ja weitersehen. Findest du das nicht toll? Es würde mich nicht wundern, wenn er aus Angst vor Komplikationen noch nie seine Frau betrogen hätte. Sag, was meinst du dazu?«

Er war in Gedanken schon nicht mehr bei Benezech. Er war bei sich selbst und bei Edmonde, denn Léa hatte recht; auch er hatte eine Frage, ein Problem.

Aber nach allem, was sie ihm eben erzählt hatte, traute er sich nicht mehr recht.

»Einen Armagnac, Monsieur Lambert? Und einen Chartreuse für Mademoiselle?«

Er nickte und wartete, bis serviert war. Fred stand an der Kasse, hatte seine Brille aufgesetzt und schrieb die Rechnung.

»Sag mal«, fing er dann doch an, so verlegen wie damals vermutlich Capel. »Kommt es manchmal vor, dass du dich selbst befriedigst?«

»Ach, du lieber Himmel! Warum fragst du das?«

»Nur so. Antworte.«

»Ich sag's ja schon. Das passiert mir fast jeden Morgen. Im Bett, wie damals, als ich noch ein kleines Mädchen war und gar nicht wusste, was das eigentlich war. Wenn es das ist, was dich bedrückt … Du kannst davon ausgehen, dass es die allermeisten Frauen machen. Bloß würden es viele nicht zugeben.«

Nun war auch er mit einem Problem zu ihr gekommen, wie die anderen. Aber sie triumphierte nicht.

»Wer ist es denn?«

Er antwortete:

»Niemand.«

Und er gab Fred ein Zeichen, die Rechnung zu bringen.

Er begleitete sie aus reiner Höflichkeit nach Hause und hatte sich fest vorgenommen, nur ein paar Minuten bei ihr zu bleiben.

Zwei Stunden später – er saß auf dem Bettrand, während sie ausgestreckt auf dem Rücken lag und die Arme im Nacken verschränkt hatte – hatte er ihr sein Verhältnis zu Edmonde bis ins letzte Detail geschildert, außer der Geschichte mit dem Unfall, natürlich.

6

Der nächste Tag, ein Samstag, war einer jener völlig belanglosen Tage, die in der Erinnerung ein Loch zurücklassen und bei denen man sich hinterher fragt, was man die ganze Zeit über eigentlich gemacht hat. Er musste wie immer um sechs Uhr aufstehen. Dann das Übliche: seinen Kaffee machen, ins Büro hinuntergehen, auf dem Quai die Einteilung der Nordafrikaner beaufsichtigen, die immer noch nicht fertig waren mit Entladen.

Beim Frühstück fragte Nicole:

»Hast du eine Idee, was ich für Marcel kaufen soll?«

Er sah sie so geistesabwesend an, dass sie unwillkürlich lachen musste.

»Dein Bruder hat doch morgen Geburtstag!«

Eigentlich hatte er erst am nächsten Dienstag Geburtstag. Aber es war Familientradition, dass man alle Geburtstage sonntags feierte.

»Vielleicht ein Buch?«, schlug er vor.

Das war am einfachsten und zugleich das sicherste Mittel, ihm eine Freude zu machen. Ob wirklich oder nur, weil es schick war – Marcel interessierte sich für Kunstgeschichte, er besaß mittlerweile eine ganze Bibliothek von Bildbänden zu Gemälden und Skulpturen und sogar zu Stilmöbeln.

»Gut«, meinte Nicole, »ich gehe nachher beim alten Blanche vorbei.«

Blanche war der Buchhändler in der Rue du Pont, und Marcel kaufte alles bei ihm. Folglich konnte man dort erfahren, welche Bücher er bereits hatte.

Und was war dann gewesen? Er hatte gebadet, war ins Büro gegangen und hatte es dabei vermieden, Edmonde anzusehen – wegen der Dinge, die er Léa am Vorabend anvertraut hatte. Er hatte verschiedene Unterlagen eingesteckt, Monsieur Bicard, dem Chefbuchhalter, der zur Bank gehen und dann den Arbeitern ihren Wochenlohn auszahlen würde, die nötigen Unterschriften gegeben. Danach war er in seinen Wagen gestiegen.

Diesmal verschmähte er den 2CV und nahm seinen DS19, denn er hatte eine längere Fahrt vor sich. Er musste nach Verdigny, das zweiundzwanzig Kilometer weiter südlich lag, wo sie gerade den Bau der neuen Schule vollendet hatten. Er war dort mit dem Architekten verabredet. Er überquerte den Kanal, und es gelang ihm, während der ganzen Strecke nicht ins Grübeln zu geraten.

In der vergangenen Nacht, als er von Léa zurückgekommen war, hatte er beschlossen, sich nicht mehr das Hirn zu zermartern, einfach keine Probleme mehr zu haben, wie Léa sich ausdrückte. Er hatte beschlossen, den Dingen ihren Lauf zu lassen.

Soubelet, der Architekt, erwartete ihn zusammen mit dem Bürgermeister und zwei Lehrern vor der Schule. Sie verbrachten die nächsten eineinhalb Stunden damit, alle Räume bis ins Kleinste zu inspizieren und Hahnen und Toilettenspülungen auszuprobieren. Dann musste er mit ihnen, wie vorauszusehen war, in einem Hotel für Handelsreisende zu Mittag essen. Es war bereits ein Tisch reserviert.

Nach dem Essen wollte ihm der Bürgermeister noch unbedingt sein Haus zeigen und ihn seinen Pflaumenschnaps kosten lassen.

Es war bereits vier Uhr, als er erneut den Kanal überquerte. Da Samstagnachmittag war, lagen Büros und Werkstätten leer und verlassen da. Er fuhr an der Wohnung vorbei direkt ins Stadtzentrum und ging ins Kino.

Hinterher war er eine halbe Stunde im Café Riche, spielte aber nicht mit, denn Weisberg war da, und sie brauchten keinen vierten Mann. Er sah dem Spiel zerstreut zu, trank ein einziges Glas und ging gegen acht Uhr nach Hause.

An diesem Wochentag war immer der traditionelle Bridge-Abend bei Doktor Maindron, den er durch Nicole kennengelernt hatte. Dort trafen sich hauptsächlich Ärzte, und Doktor Julémont, der diesmal auch da war, berichtete Einzelheiten über den Zustand der kleinen Lucienne Gorre. Er sei jetzt sicher, dass das Kind gerettet werden könne, sagte er.

Was hatte sich sonst noch ereignet? Es fiel ihm nichts ein. Er hatte wenig gesprochen und war auch den ganzen Tag über ziemlich verschlossen gewesen. Auf der Rückfahrt mit seiner Frau hatte er kaum den Mund aufgemacht.

An manchen Sonntagen im Herbst ging er auf die Jagd. Diesmal jedoch hatte er keine Lust dazu, zumal er wegen der bevorstehenden Familienfeier früher als sonst zurückkommen, sich umziehen und zu Marcel hätte gehen müssen. Er entschied sich deshalb, länger als sonst zu schlafen, und stand erst auf, als Nicole schon zum Hochamt gegangen war.

Er mochte die Sonntage, die leeren Büros, Werkstätten und Lagerräume überhaupt nicht, und er wusste nicht, was er mit seiner Zeit anfangen sollte. Aber das Schlimmste waren Familienfeiern, so wie die am Nachmittag.

Draußen hatte es wieder aufgehellt. Als er in der Küche seinen Kaffee holte, stieß er auf Angèle, sie war schon in der Frühmesse gewesen. Er hatte das Gefühl, dass in ihren Kleidern Weihrauchgeruch hing.

Von seinem Fenster aus sah er ein paar Angler, die am Kanalufer saßen. Die Leute auf dem Schiff hatten sich in ihren Sonntagsstaat geworfen; das kleine Mädchen hatte ein rosa Kleid an und eine große Schleife im Haar.

Für ein richtiges Frühstück war es schon zu spät. Er nahm seinen Kaffee mit ins Bad hinüber und rasierte sich, unzufrieden mit dem Gesicht, das ihn aus dem Spiegel anblickte und ihm hässlich und gewöhnlich vorkam, mit noch stärker hervortretenden Tränensäcken als sonst. Er war sozusagen mit allem unzufrieden und fühlte sich äußerst unwohl in seiner Haut.

In der Badewanne überlegte er, ob Edmonde sonntags auch zum Gottesdienst ging. Wahrscheinlich schon. Wahrscheinlich kleidete sie sich sonntags auch anders als während der Woche. Er hatte sie nie an einem Sonntag getroffen und daher keine Ahnung, wie sie den Tag verbrachte. Sie lebte allein mit ihrer Mutter; aber vielleicht hatte sie Onkel und Tanten, oder auch Freundinnen?

Im Grunde war es ihm natürlich völlig gleichgültig. Wenn er darüber nachdachte, dann nur, um nicht an anderes zu denken.

Er stand nackt vor dem offenen Fenster und trocknete sich gerade ab, als er plötzlich die Stirn runzelte. Er hatte draußen den Ziegenmann erkannt, und das lenkte seine Gedanken in eine völlig andere Richtung. Der Mann trug ebenfalls Sonntagskleidung: einen blauen Anzug, der ihm zu kurz und zu eng war, wodurch er noch größer wirkte, sowie ein weißes Hemd mit Schlips und eine Mütze.

Er schlenderte auf dem Ladequai auf und ab, blieb manchmal stehen und betrachtete den Frachtkahn mit dem gleichen leeren Blick, mit dem er auf der Grande Côte die vorüberfahrenden Autos bedachte.

Es war das erste Mal, dass Lambert ihn ohne seine Ziegen sah. Der Mann war noch nie in der Stadt oder gar hier am Quai aufgetaucht, und das gab ihm jetzt die Gewissheit, dass ihn seine Vorahnung nicht getäuscht hatte.

Der Ziegenmann hatte ihn ganz offensichtlich erkannt, als er mit Edmonde an ihm vorbeigefahren war. War er hier, um mit ihm zu reden? Der Mann ging langsam auf und ab. Dann setzte er sich auf einen Holzstapel, und zwar so, dass er nicht auf den Kanal schaute, sondern direkt auf den Firmeneingang, über dem in schwarzen Buchstaben stand: »J. Lambert Söhne«.

Vielleicht lag es daran, dass er nicht wie sonst seinen Stock in der Hand hielt. Jedenfalls wusste er nicht, wohin mit seinen langen Armen, die er abwechselnd über der Brust verschränkte und dann wieder hinunterhängen ließ. Dann blieb er eine ganze Weile unbeweglich sitzen und stützte dabei die Hände auf die Knie. Er hatte schon mehr als einmal zu der Wohnung hochgeschaut und hatte Lambert, der sich jetzt kämmte, bestimmt erkannt.

Soweit man das auf diese Entfernung sagen konnte, war sein Gesicht völlig ausdruckslos. Er saß einfach nur regungslos da.

Hatte er die Absicht, ihm einen Handel vorzuschlagen? Wenn ja, dann wollte Lambert die Sache möglichst schnell hinter sich bringen. Er zog sich hastig an, ging die Treppe hinunter, machte die Tür auf und steckte sich eine Zigarette an wie jemand, der eben mal vors Haus tritt, um frische Luft zu schnappen.

Sie waren nur etwa zehn Meter voneinander entfernt. Hinter dem Mann war auf der Schiffsbrücke das kleine Mädchen zu sehen, das seine Puppe anzog, während die Mutter vorne beim Steuerrad offenbar Erbsen enthülste. Am anderen Kanalufer saßen fünf Angler, darunter ein Junge, und ein leichter Wind kräuselte die Wasseroberfläche.

Der Mann verharrte in seiner Reglosigkeit, und Lambert wurde allmählich ungeduldig. Er ging ein paar Schritte auf dem Gehweg auf und ab, um ihn zu ermuntern. Als der andere sich immer noch nicht aufraffte, überquerte Lambert die Uferstraße, und als er gerade den Fuß auf den Quai setzte, erhob sich der Ziegenmann hastig und lief mit großen Schritten in Richtung Rue de la Ferme davon.

Wie einer, der Angst hat, verprügelt zu werden. Er rannte immer schneller und hatte an die hundert Meter zurückgelegt, bevor er es wagte, sich umzudrehen.

Als Lambert ihn für einen Augenblick aus den Augen ließ, sah er zu seiner Überraschung Nicole in der Haustür stehen. Sie hatte auf dem Rückweg vom Gottesdienst eine Abkürzung genommen und betrachtete ihn nun erstaunt.

»Was machst du da?«, fragte sie.

»Nichts. Ein bisschen Luft schnappen.«

Sie fragte nicht weiter, und er kehrte erst nach über einer Stunde in die Wohnung zurück, nachdem er sich Zigaretten gekauft und irgendwo einen Weißwein getrunken hatte.

Was hatte der Ziegenmann hier am Quai Colbert vorgehabt? Und warum war er auf einmal in Panik geraten? Die einfachste Erklärung war doch die, dass die Polizei ihn vernommen hatte, dass er von Lambert und seiner Begleiterin gesprochen hatte und heute früh in der Hoffnung hierhergekommen war, Lamberts Festnahme mitzubekommen.

Es kam aber niemand, um ihn festzunehmen. Es geschah rein gar nichts. Die Straßen lagen beinahe menschenleer in der Sonne, und die vereinzelten Geräusche, die die Stille durchbrachen, hatten einen anderen Klang als an den Werktagen.

Es war keine Zeitung im Haus, und er hatte nicht die geringste Lust, Radio zu hören. Er drückte sich mal im einen, mal im anderen Zimmer herum, rauchte und wartete darauf, dass es Zeit war fürs Mittagessen.

Um drei Uhr stiegen Nicole und er in den Wagen und fuhren zu dem Haus, das sich Marcel auf einer Anhöhe am anderen Ende der Stadt gebaut hatte, in einem Neubauviertel, das inzwischen das eleganteste der Stadt geworden war. Es war eher eine große Villa, modern, aber nicht hypermodern, mit einem sanft abfallenden Garten, den der alte Hubert wunderbar in Schuss hielt.

Sie waren nicht die Ersten. Marcels Schwiegereltern waren offenbar schon zum Mittagessen da gewesen, und vielleicht auch eine Schwester von Armande.

Armande war die Tochter des stellvertretenden Direktors der Banque du Commerce, einer bereits unter Louis-Philippe gegründeten Regionalbank, wo er als Lehrling angefangen hatte. Die Motards hatten außer Armande noch drei oder vier Kinder, die zwar alle verheiratet, aber nicht mehr hier in der Gegend waren – bis auf eine Tochter, und die war mit Mann und Kindern ebenfalls zu Gast.

Es gehörte zur Tradition, dass man bei der Ankunft keine Glückwünsche vorbrachte und so tat, als sei man wie zufällig bei Marcel und seiner Frau vorbeigekommen. Das Geschenk versteckte man mehr oder weniger auffällig hinter dem Rücken und legte es auf den dafür vorgesehenen Platz.

Motard war ein kleiner Mann mit einem Hang zum Pathos, und sein Schwiegersohn Bénicourt, der unter ihm in derselben Bank arbeitete, tat, als hinge er an den Lippen seines Schwiegervaters, schüttelte wie dieser den Kopf oder nickte zustimmend und brach bei jedem Scherz in Gelächter aus.

Marcels Sprösslinge waren ebenfalls da: Lucien, der an der École Polytechnique studierte, Armand, der Musterschüler und Klassenprimus, und ihre Schwester, die mit ihren Cousinen bereits im Garten verschwunden war.

Armande war eine schöne Frau und erinnerte ein wenig

an Léa, aber sie war üppiger und strahlender. Mit ihren vierzig Jahren war sie begehrenswerter denn je. Sie war sich dessen bewusst und um einiges weniger zurückhaltend als das Mädchen im Café Riche. Und sie konnte offenbar mit keinem Mann zusammentreffen, ohne sich nicht ihrer Wirkung auf ihn zu vergewissern.

»Wie geht es Ihnen, Joseph?«

»Und Ihnen, Monsieur Motard?«

Händeschütteln. Banalitäten. Die Frauen küssten sich auf beide Wangen. Alle hatten sich feingemacht, und es roch nach Parfüm. Auf dem Verandatisch standen noch die Kaffeetassen herum.

Marcel ging als perfekter Hausherr und Gastgeber von einem zum anderen. Bald fuhr draußen ein weiteres Auto vor. Es war Françoise, eine von Nicoles Schwestern, die mit ihrem Mann und ihren Töchtern gekommen war.

Seltsam, dass Nicoles Familie im Hause von Marcel heimisch geworden war, denn schließlich war es nur das ihres Schwagers und nicht das ihres Mannes. Raymonde, Françoise und Jeanne verbrachten hier oft den Sonntagnachmittag, während sie so gut wie nie einen Fuß in die Wohnung am Quai Colbert setzten, als ob Lambert ihnen Angst machte oder sie sich dort nicht wohl fühlten.

Diesmal jedoch war nur eine der Fabre-Töchter zu Gast; mit Nicole waren es natürlich zwei. Raymonde und Jeanne ließen sich entschuldigen: Raymonde, die Älteste, hatte zu Verwandten ihres Mannes nach Moulins gehen müssen, und Jeanne war zu Hause und pflegte ihr Töchterchen, das nun doch die Masern bekommen hatte.

Nach und nach fanden sich die Frauen in der einen

Ecke zusammen und die Männer in der anderen, während die Kinder und jungen Leute draußen herumstanden und wenig miteinander anzufangen wussten. Sie waren zu unterschiedlich im Alter, als dass sich zwischen den Jüngeren und den Älteren irgendwelche Gemeinsamkeiten ergeben konnten.

Lucien, der Student, gesellte sich bald zu den Männern; sein Bruder dagegen zog sich in ein anderes Zimmer zurück und hörte Schallplatten.

Entgegen allen Erwartungen war kaum von der Tragödie vom Château Roisin die Rede. Das Gespräch drehte sich um Düsenjäger und dann eine halbe Stunde lang um internationale Politik.

Lambert verharrte in mürrischem Schweigen und überlegte, ob Marcel für diese Art von Zusammenkünften wohl mehr Sinn hatte als er. Jedenfalls stand dieser seinem Schwiegervater Rede und Antwort. Und es war auch Marcel, der unvermittelt das Thema wechselte.

»Übrigens«, sagte er, »ich habe die Bekanntschaft eines erstaunlichen jungen Mannes gemacht, der einen ungewöhnlichen Beruf ausübt – ein gewisser Chevalier. Er ist bei einer großen Versicherungsgesellschaft angestellt und muss für sie genau wie ein Kriminalbeamter Ermittlungen anstellen.«

Zu seinem Sohn gewandt fuhr Marcel fort:

»Stell dir vor, mit fünfzehn Jahren hat er bereits das Abitur gemacht und hinterher aus Jux oder einfach nur, um zu sehen, was passiert, alle möglichen Aufnahmeprüfungen abgelegt: für die Navale, die Polytechnique und für die École Normale ...«

»Und wofür hat er sich letzten Endes entschieden?«

»Für die École Normale. Gleichzeitig hat er aber auch noch Chemie studiert und was weiß ich. Er hat ein Diplom nach dem anderen gemacht und ist gerade erst dreißig.«

»Und wozu ist er hier?«

»Bei der Gesellschaft, für die er arbeitet, war der Bus versichert, der gegen die Mauer des Château Roisin gerast ist. Er versucht jetzt, die Schuldfrage zu klären.«

»Wo hast du ihn kennengelernt?«

»Bei den Bergerets. Ich weiß nicht, woher er sie kennt, über ihren Sohn vielleicht, der war auch auf der École Normale und ist ungefähr im selben Alter.«

Guillaume Bergeret war Gerichtspräsident, und sein schönes Patrizierhaus in der Rue de l'Écuyer war Treffpunkt für alle bedeutenden Persönlichkeiten der Stadt wie auch des Landadels aus der Umgebung.

»Und? Hat er schon eine Einschätzung?«, fragte Motard.

Falls Chevalier sich bei den Bergerets zu der Tragödie geäußert hatte, so erfuhr man es an diesem Tag nicht mehr, denn Armande erschien in der Tür und verkündete traditionsgemäß:

»Messieurs, wir sind so weit.«

Die Frauen waren schon vor einer Weile verschwunden; sie hatten sich mit allen Kindern um den großen Esszimmertisch versammelt, auf dem ein riesiger, mit brennenden Kerzen verzierter Kuchen stand.

»Alles Gute zum Geburtstag, Marcel.«

Der zog jedes Jahr von neuem seine Show ab, tat überrascht und verwirrt und küsste und umarmte die Anwesenden einen nach dem anderen, wobei er bei den Männern nur die Wange streifte, wie es bei Ordensverleihungen üblich ist. Man überreichte ihm die Geburtstagspäckchen, die er auf einem Tischchen ablegte, denn er musste erst die Kerzen ausblasen und den Kuchen anschneiden, bevor er die Geschenke auspacken durfte.

In Momenten wie diesem fragte sich Lambert manchmal, ob er eigentlich ein Monster sei. Er sah sich die Anwesenden einen nach dem anderen an und fand sie allesamt lächerlich. Er fand dieses allen geläufige Ritual verlogen und deprimierend.

»Würdest du die Flaschen aufmachen, Joseph?«

Armande deutete auf die Champagnerflaschen, die neben den Kelchen auf dem Tisch bereitstanden.

»Darauf verstehst du dich doch, nicht wahr?«, fügte sie spitz hinzu.

Später einmal würde er für die anwesenden Kinder wie auch für die Neffen und Nichten, die heute nicht da waren, als das schwarze Schaf der Familie gelten; der Onkel, für den man sich ein wenig schämen muss, den man aber insgeheim beneidet. Armand, der Gymnasiast, der ihn bestimmt schon in Damenbegleitung auf der Straße gesehen hatte, verschlang ihn jedenfalls mit den Blicken. Und seine jüngere Schwester ließ ihn immer aus, wenn sie alle zur Begrüßung küsste, als ob sie sich vor einer Ansteckung fürchtete oder ganz einfach nur vor ihm.

Er füllte die Champagnergläser, und Motard, der jedes Mal laut auflachte, wenn wieder ein Korken knallte, war ihm dabei behilflich.

»Auf Marcel! Auf viele weitere glückliche Jahre ...
Zum Wohl!«

War Marcel wirklich glücklich – mit einer Frau, die er
vom Bahnhof hatte zurückholen müssen? Die von allem,
was Hosen anhatte, magisch angezogen wurde?

Und Motard? Motard war vielleicht glücklich, oder
glaubte es wenigstens. Und womöglich auch dieser Idiot
von Schwiegersohn, der förmlich an dessen Lippen hing,
in der Hoffnung, eines Tages dessen Stellung in der Bank
einzunehmen.

Das Gewitter, das sich in ihm zusammenbraute, stand
ihm offenbar ins Gesicht geschrieben, denn er begegnete
Nicoles flehendem Blick, der zu sagen schien:

›Mach jetzt bitte keinen Ärger!‹

Nein, er machte keinen Ärger. Er vergnügte sich ganz
allein damit, die anderen zu beobachten, zuzuhören, was
sie sagten. Und niemand – er selbst übrigens auch nicht –
merkte, wie er ein Glas Champagner nach dem anderen
leerte.

Armandes Geschenk für ihren Mann war eine neue
Golftasche aus rötlichem Leder. Vor drei Jahren hatte
Marcel es sich in den Kopf gesetzt, Golf zu spielen, und
musste dazu an den Wochenenden über fünfzig Kilometer bis zum nächsten Golfplatz fahren. Erstaunlicher-
weise hatte er es mit viel Zähigkeit und Energie in diesem
Sport zu etwas gebracht und im letzten Jahr sogar ein
recht bedeutendes Turnier gewonnen.

Nicole hatte sich auf Anraten des alten Buchhändlers
Blanche dieses Mal für einen Kunstband über ägyptische
Skulpturen entschieden.

»Wer möchte noch Kuchen?«

Es war heiß. Seiner Frau zuliebe zwang sich Lambert, das Jackett anzubehalten, was er an keinem anderen Sonntag getan hätte.

Meistens redeten mehrere Personen auf einmal. Die Kinder hatten sich als Erste wieder in den Garten oder sonst wohin verzogen, jedenfalls waren sie nicht mehr zu sehen. Nur der achtjährige Jean-Paul, Raymondes Jüngster, war da und vergoss aus unerfindlichem Grund bittere Tränen.

»Was hast du denn, Jean-Paul? Sag Maman, was du hast.«

An diesem Morgen, als er den Ziegenmann gesehen hatte, war Lambert furchtbar erschrocken. Seit drei Tagen lebte er nun in Angst, und auch gerade eben, als von Chevalier die Rede gewesen war, war es ihm kalt den Rücken hinuntergelaufen.

Wenn sie ihn nun heute, morgen oder wann auch immer festnehmen würden – was hatte er eigentlich zu verlieren? Das hier? Das, was sich gerade vor ihm abspielte? Oder das, was sonst so sein Leben ausmachte? Etwa die Bridge-Partien im Café Riche mit Lescure, mit Nédelec, dem armen Hund, oder mit dem Rattengesicht?

Was hatte ihn eigentlich davon abgehalten, sich eine Kugel in den Kopf zu jagen, als er zum ersten Mal daran gedacht hatte? Und was hielt ihn jetzt noch davon ab?

Die Abende mit Nicole waren ihm ein Greuel, und im Büro war er die meiste Zeit brummig und übelgelaunt. Von Zeit zu Zeit ging er auf Sauftour wie ein Soldat oder Seemann, aber er kehrte jeweils ausgelaugt und verstört zurück.

»Also, wenn Sie mich fragen«, verkündete der kleine Monsieur Motard mit Bestimmtheit, »müsste man in der modernen Erziehung völlig neue Wege gehen, um zu einem Erfolg ...«

Was für Wege denn? Noch so einer, der auf alles eine Antwort bereit hatte. Ob wohl dieser Motard nicht auch mal das Bedürfnis hatte, sein Herz auszuschütten, zum Beispiel am Busen einer Léa?

»Pass auf, Joseph.«

Diesmal hatte seine Frau sich nicht mit einem bittenden Blick begnügt; sie war unauffällig zu ihm getreten und hatte ihm ihre Warnung zugeraunt.

»Aufpassen? Worauf?«

»Pst! Das weißt du so gut wie ich.«

Seine Augen hatten einen verräterischen Glanz bekommen. Er brauchte nicht in den Spiegel zu schauen, um das zu wissen. Seine Ohren waren vermutlich puterrot, und seine Nase glänzte. War es seine Schuld, dass er die Nase seines Vaters geerbt hatte, des alten Lambert? Und schließlich war er jetzt der alte Lambert!

»Du würdest ihnen den ganzen Tag verderben!«

Er hatte ihnen schon einmal den Tag verdorben, vor Jahren, als Marcels Kinder noch klein waren. Sie waren damals auch zur Geburtstagsfeier zusammengekommen, nicht in dieser Villa hier, sondern in dem bescheideneren Haus in der Nähe der Bahngleise, das sein Bruder damals bewohnt hatte. Schon vor Beginn der Feier hatte er mehrere Gläser getrunken, er wusste nicht mehr, warum; vermutlich, weil er sich auch damals in seiner Haut nicht wohl gefühlt hatte. Monsieur Motard hatte ihm einen nicht enden wollenden Vortrag über Wirtschaftspolitik gehalten und war ihm dabei unangenehm auf den Leib gerückt.

»Sehen Sie, junger Freund …«

Er sagte zu allen »mein Freund« oder »mein junger Freund«. Wie es dann zu der Szene gekommen war, daran konnte er sich nicht mehr so recht erinnern; er hatte nämlich sämtliche in Reichweite befindlichen Gläser geleert, während er so tat, als höre er dem anderen zu. Plötzlich hatte er gerufen:

»Meine Herrschaften, das ist ja zum Kotzen hier! Ich haue jetzt ab! Habe die Ehre …«

Marcel hatte ihm das lange nachgetragen, und Nicole auch. Nur Armande hatte damals laut losgelacht, aber das Lachen war ihr im Hals steckengeblieben, als sie dem Blick ihres Mannes begegnet war.

Marcel konnte sie nur halten, weil sie kein Vermögen besaß. Wenn sie Geld gehabt hätte, so hätte ihr Mann sie damals wahrscheinlich nicht vom Bahnhof wieder zurückgebracht.

Lescure hatte tags zuvor übrigens nicht so unrecht gehabt, als er Chevalier als einen bemerkenswerten jungen Mann beschrieben hatte. Der hatte seine Zeit nicht damit vertan, in den Trümmern des Buswracks am Fuße der Grande Côte herumzustochern. Kaum war er hier, war er auch schon bei Bergeret eingeführt und damit über den Stadtklatsch bestens informiert.

Die Männer gingen jetzt mit Marcel ins Arbeitszimmer, dessen Wände bis zur Decke hinauf voller Bücher waren. Lambert folgte ihnen, nicht ohne vorher die paar Gläser auszutrinken, die noch auf dem Tisch standen. Seine Schwägerin beobachtete es und lächelte ihm zu. Ein richtiges Weibchen. Da brauchte man nur mal hinzulangen, und …

Im Herrenzimmer wurden Zigarren herumgereicht. Marcel rauchte nicht, aber Lambert nahm sich eine. Jetzt roch es noch mehr nach Familienfeier.

Auf dem Schreibtisch wurden Kunstbände ausgebreitet; man beugte sich bewundernd darüber. Lambert ging stattdessen zum Fenster und sah, wie die Tochter seines Bruders ganz allein auf dem Bauch im Gras lag und sich sonnte. Sie war vierzehn und schon sehr entwickelt. Sie schlug ihrer Mutter nach, was Marcel allerdings nicht gern hörte.

Auf einmal kam ihm Edmonde wieder in den Sinn. Wie schon am Morgen überlegte er, wo sie gerade sein mochte. Vielleicht im Kino, zusammen mit ihrer Mutter? Oder auch auf einem Familientreffen? Oder hatte sie womöglich einen Liebhaber?

Er wusste überhaupt nichts von ihr. Er hatte sie nie gefragt, ob sie einen Freund habe. Er wusste nur, dass sie nicht unberührt gewesen war, als er sie zum ersten Mal genommen hatte.

Wurde er womöglich eifersüchtig?

»Und Sie, Joseph, was halten Sie davon?«

»Wovon?«

»Von den Ägyptern.«

Er spürte im Kopf bereits den unbestimmten Sog, der ihm nur allzu vertraut war. Er kannte auch die Art, wie er jetzt die Stirn runzelte und sein Blick starr wurde. Auf einem Schränkchen entdeckte er eine Karaffe mit Likör und den dazugehörigen Kristallgläsern; ein Geschenk von einem früheren Geburtstag. Da ihm alle den Rücken zuwandten, goss er sich ein und leerte das Glas verstohlen und in einem Zug. Doch als er aufschaute, begegnete er dem Blick seines Bruders.

Marcel sagte nichts. Dazu war jetzt nicht der richtige Augenblick. Lambert jedoch schämte sich, von ihm ertappt worden zu sein. Und da Scham ein Gefühl war, das er nicht ertragen konnte, verließ er abrupt den Raum und dann die Villa. Er hatte genug. Nicole hatte ihn gebeten, keinen Ärger zu machen, und wenn er noch länger blieb, würde es unweigerlich so weit kommen. Auf dem Weg nach draußen begegnete ihm niemand. Die Frauen waren sicher zu Armande hinaufgegangen, um sich frisch zu machen und neues Make-up aufzulegen. Wahrscheinlich würden sie eine ganze Weile oben bleiben.

Er knallte die Wagentür zu und ließ den Motor an. Nicoles Gesicht erschien oben am Fenster.

Na und! Sie würde schon jemanden aus der Familie finden, der sie nach Hause brachte. Sie waren jetzt unter sich, im Grunde mussten sie über seinen Aufbruch erleichtert sein. Der Onkel, der aus der Art schlug, dieser brutale und unberechenbare Kerl, war jetzt weg.

Er hatte nicht die geringste Vorstellung, wo er hinwollte. Dann kam ihm eine verrückte Idee, die ihm einen Augenblick lang völlig vernünftig erschien. Was hinderte ihn daran, zur Grande Côte zu fahren und den Ziegenmann zur Rede zu stellen? Um sich ein für alle Mal Klarheit darüber zu verschaffen, was dieser im Schilde führte?

Immerhin hatte sich der andere am Morgen auf dem Quai herumgetrieben. Er würde es ihm gleichtun, mit dem Unterschied, dass er direkt auf ihn zugehen und ihn fragen würde, was er vorhabe.

Entweder hatte er etwas gesehen, oder er hatte nichts gesehen.

Entweder hatte er der Polizei etwas gesagt, oder er hatte geschwiegen.

Das war klar. Das war folgerichtig. Es gab keine andere Möglichkeit. Wenn er der Polizei, die ihn bestimmt wie alle anderen in der näheren Umgebung der Landstraße vernommen hatte, nichts gesagt hatte, dann musste er seine Gründe dafür haben.

So weit war immer noch alles klar, oder? Lambert war nicht betrunken. Er hatte zwar getrunken, aber er konnte noch klar denken.

Wo war er stehengeblieben? Genau! Wenn der Ziegenmann nichts gesagt hatte, dann weil er einen Plan hatte. Und wenn er einen Plan hatte, gab es keinen Grund, länger zu warten.

Na also! Er würde von Mann zu Mann mit ihm sprechen und ihm direkt in die Augen schauen.

»Was genau willst du eigentlich?«

Er war überzeugt, dass dieser Einfaltspinsel gleich anfangen würde zu zittern. Leute wie er waren meistens Feiglinge, scharf auf einen kleinen Vorteil, aber ganz klein, wenn man ihnen entsprechend gegenübertrat.

Geld?

Notfalls würde er ihm welches geben, um seine Ruhe zu haben. Wie viel?

Nein! Es wäre unklug, ihm Geld zu geben. Geld würde er ausgeben, und jeder wusste doch, dass er nichts besaß außer seiner Baracke und den Ziegen. Die Leute würden sich wundern. Die Gendarmerie würde bald Wind bekommen von der Sache, oder auch dieser Chevalier, der sich in der Stadt schon so gut auskannte und bestimmt auch bald auf dem Land Bescheid wusste.

Er würde ihm gar nichts geben. Er würde ihn auf eine andere Art zum Schweigen bringen. Wie? Das wusste er selbst noch nicht. Und genau das musste er herausbekommen: das Mittel, wie er ihn zum Schweigen bringen konnte. Das wollte überlegt sein. Das war ausschlaggebend. *Aus-schlag-ge-bend!*

Er hatte Durst, fragte sich plötzlich erstaunt, was er hier, in der Nähe des Gaswerks, machte, wo es nur Arbeiterwohnungen und keine einzige Kneipe gab. Mit quietschenden Reifen vollführte er ein scharfes Wendemanöver, dann brauste er in Richtung Stadtzentrum davon, er wollte zu Victor. Ins Café Riche zog es ihn nicht. Er hatte mehr als genug von Leuten, die ihn an die ehrenwerte Gesellschaft bei seinem Bruder erinnerten.

Victor war ein Menschenkenner. Er fragte nicht wie sonst:

»Wie geht's, Monsieur Lambert?«

Er drückte ihm nur wortlos die Hand und warf ihm einen fragenden Blick zu.

»'tschuldigung, Victor. War bei meinem lieben Bruder auf einer Geburtstagsfeier im trauten Familienkreis, und das hat mir Durst gemacht. Sieht man mir wohl an, was?«

Er warf dabei einen Blick in den Spiegel hinter der

Theke und mochte sich noch weniger als am Morgen beim Rasieren.

»Gib mir was ganz Starkes, damit ich den schlechten Geschmack nach Familie hinunterspülen kann. Aber keinen Marc. Einen Calvados, in einem Probierglas.«

Seine Stimme hallte merkwürdig, und er merkte auch bald, warum: Das Lokal war leer. Victor hatte sonntags um diese Zeit fast nichts zu tun, deshalb ließ er auch den Fernseher laufen, um wenigstens etwas Unterhaltung zu haben.

»Kennst du einen Mann namens Chevalier?«

»Nein.«

»So ein großer, blonder, hochnäsiger Bursche. Sieht direkt noch intelligenter aus als mein Bruder Marcel. Wenn der bei dir auftaucht und von mir anfängt, dann sagst du ihm, dass er mich mal kann.«

»Wer ist das?«

Er besann sich gerade noch. Nun spielte er wirklich mit dem Feuer, vielleicht, weil er allmählich doch Angst hatte.

»Ach, niemand«, sagte er mit veränderter Stimme. »Vergiss es.«

Victor hantierte schweigend herum.

»Gib nichts auf mein Geschwätz«, lenkte Lambert ein. »Die liebe Familie hat mich auf hundertachtzig gebracht, das ist alles. Magst du Familienfeiern?«

»Dazu kann ich nichts sagen, Monsieur Lambert. Um mich hat sich immer nur die Fürsorge gekümmert.«

»In Paris?«

»Anfangs, ja. Mit zwölf bin ich dann auf einen Bauernhof in die Corrèze gekommen.«

»Warst du unglücklich?«

»Darüber hab ich mir keine Gedanken gemacht.«

»Möchtest du das noch mal mitmachen?«

»Weiß ich nicht. Ich glaub schon.«

»Aha! Also ich …«

Aber das stimmte nicht. Außerdem behielt er es besser für sich. Er hatte sagen wollen, dass er sich weigern würde, sein Leben nochmals von vorn zu beginnen. Jedenfalls dachte er das manchmal. Allerdings rannte er dann zwei oder drei Tage später doch zum Arzt, wenn er ein Stechen in der Brust oder auch nur einen Druck im Magen verspürte.

Im Grunde hatte er Angst vor dem Sterben. So wie er auch Angst davor hatte, nicht mehr Joseph Lambert zu sein, der Unternehmer vom Quai Colbert.

»Zum Kotzen!«

»Was?«

»Nichts. Ich hab das zu mir selbst gesagt. Komm, trink ein Glas auf meine Rechnung.«

Victor goss sich einen Fingerbreit grünen Pfefferminzlikör ein und füllte mit viel Wasser auf.

»Auf Ihr Wohl, Monsieur Lambert.«

»Und auf deines … Sag mal, so ganz unter uns: Hast du schon mal gesessen?«

Der Barmann schwieg einen Augenblick.

»Komische Frage«, murmelte er dann.

»Du brauchst es mir nicht zu sagen!«

»Wenn Sie Benezech fragen, würden Sie ja doch die Wahrheit erfahren.«

»Lange?«

»Einmal sechs Monate, und einmal ein Jahr. Das zweite Mal war ungerecht. Da hab ich für die anderen die Zeche bezahlen müssen.«

Es war auch nicht recht, dass Lambert ihn das fragte. Dieser war zwar betrunken, aber nicht so, dass ihm das nicht klar gewesen wäre. Warum konnte er sich bloß nicht zusammenreißen, wenn er einen über den Durst getrunken hatte?

»Was bin ich dir schuldig?«

Es war besser, wenn er jetzt ging. Die sonntägliche Leere der Kneipe deprimierte ihn ohnehin.

»*Salut,* Victor!«

»Auf Wiedersehen, Monsieur Lambert.«

Er hatte vergessen, dass sein Wagen am Platz stand, und bog in die Rue du Vieux-Marché ein, wobei er gleichzeitig an Victor, an den Ziegenmann und an seinen Bruder dachte. Es war vielleicht doch gefährlich, am helllichten Tag, zumal an einem Sonntag, zur Grande Côte hinauszufahren und den Mann anzusprechen. Sollte er nicht besser bis zum Abend warten und ihn in seiner Hütte aufsuchen, wenn es dunkel war?

Das Einfachste wäre natürlich, direkt bei Lescure zu klingeln und ihm die Hiobsbotschaft zu überbringen!

»Du erinnerst dich doch, was du uns gestern im Café Riche über die Millionenbeträge gesagt hast, die deine Gesellschaft gegebenenfalls zu zahlen hätte? Nun, mein Lieber, ihr sitzt in der Patsche! Der Typ mit dem Citroën, das bin ich, und es gibt da so einen Dorftrottel, der mich erkannt hat. Lass dir was Schlaues einfallen. Mich geht das nichts mehr an. Ich wandere vielleicht ins Gefängnis, aber Victor hat auch gesessen und es ganz gut überstanden. Bei euch geht es allerdings um Millionenbeträge …«

Er blieb stehen und machte kehrt. Bei dem Gedanken an den Citroën war ihm eingefallen, dass er ihn ja direkt gegenüber dem Café Riche abgestellt hatte. Sonntags spielten seine Freunde nicht. Die Tische waren mit Familien besetzt, die hier nach ihrem Nachmittagsspaziergang die Zeit bis zum Abendessen überbrückten.

Chevalier war auch da, allein; er saß am selben Tisch bei der Kasse wie tags zuvor. Und Lambert war davon überzeugt, dass sein Blick ihm folgte, als er in den Wagen stieg.

Ob jemand ihn, Lambert, Chevalier gegenüber erwähnt hatte? Er verkehrte nicht bei Bergeret wie sein Bruder, und die Leute, die dort ein und aus gingen, kannte er nur vom Sehen oder dem Namen nach.

Der Verkehrspolizist auf der Kreuzung winkte ihn durch. Er wollte ja gerne weiterfahren, wenn er nur gewusst hätte, wohin! Auf jeden Fall nicht zu sich nach Hause. Er hatte es satt, allein in dem leeren Haus herumzuwandern, mit dieser Klette von Angèle in der Küche.

»Fahren Sie jetzt, oder fahren Sie nicht?«

Er fuhr an und bog nach links ab, weil es sich gerade so ergab. Und da die Straße bei Léa vorbeiführte, beschloss er, bei ihr zu klingeln. Die Sonntage waren der Familie vorbehalten, also konnte er davon ausgehen, dass sie frei war.

Er drückte auf den Knopf, einmal, zweimal, und lauschte. Drinnen regte sich nichts. Daraufhin klingelte er Sturm, und endlich hörte er Schritte.

»Wer ist da?«, fragte eine Stimme.

»Ich bin's, Lambert.«

»Einen Moment.«

Es war Léas Stimme gewesen, aber sie hatte genauso verdrießlich geklungen wie die seine. Léa entfernte sich, kam kurz darauf zurück, drehte den Schlüssel im Schloss und schob den Riegel zurück.

»Du bist es!«, murmelte sie, als ob sie zuvor seinen Namen nicht verstanden hätte.

Sie sah ihn mit einem ähnlichen Blick an wie Victor und runzelte die Stirn. Auch sie hatte begriffen, was los war.

»Komm rein.«

Es klang resigniert.

»Hast du wenigstens was zu trinken da?«

»Ja. Keine Sorge.«

»Hast du geschlafen?«

»Komm rein!«

»Freust du dich nicht, mich zu sehen?«

»Aber sicher.«

»Sag mir die Wahrheit – ich bin dir lästig.«

»Nein. Nun komm endlich rein. Ich bin noch gar nicht richtig wach.«

»Problem!«, stieß er hervor, als ob dieses Wort alles erkläre.

»Wie, bitte?«

»Problem, hab ich gesagt. Weißt du nicht mehr? Die Männer, die zum Vergnügen kommen, und die, die mit ihren Problemen kommen?«

Die Wohnung war tadellos aufgeräumt, nur das Bett war ungemacht, und auf dem Bettvorleger lag ein Roman.

»Was willst du eigentlich?«, fragte sie. »Sonntags nehme

ich mir nie was vor. Morgens mache ich gründlich sauber, und am Abend lege ich mich früh schlafen.«

»Ich könnte mich doch auch schlafen legen?«

»Ist das dein Ernst?«

Er fing schon an, sich auszuziehen. Warum eigentlich nicht? War gar kein schlechter Einfall! Hier wäre er nicht allein und müsste wenigstens nicht mit ansehen, wie seine Frau mit traurigem, aber nachsichtigem Gesicht nach Hause kam. Nachsicht wollte er jetzt auf keinen Fall.

»Du musst mir nur vorher was zu trinken geben.«

»Ich habe aber nur Wermut.«

»Dann gib mir Wermut.«

Sie ging ins Esszimmer und kam mit der Flasche zurück, brachte aber nur ein Glas mit. Die Flasche war noch drei viertel voll.

»Versprich mir, dass du hier keinen Radau machst.«

»Hab ich mich bei dir vielleicht schon mal schlecht benommen?«

»Bei mir nicht, nein.«

»Hast du Angst?«

»Ich habe Angst vor der Hausbesitzerin. Die würde sich die Gelegenheit, mich vor die Tür zu setzen, nicht entgehen lassen.«

Seltsam: Ohne Make-up sah sie wie eine biedere Hausfrau aus, wie eine vom Lande sogar. Er saß in Unterhosen, aber noch mit Schuhen und Strümpfen, auf dem Bettrand und trank den Wermut in großen Schlucken. Sie stand neben ihm und sah ihm kommentarlos zu.

»Ein gutes Mädchen bist du«, sagte er voller Überzeugung.

Dieser Ausdruck traf nicht ganz das, was er hatte sagen wollen, das merkte er selbst. Aber von ihm aus gesehen war es ein wunderbares Kompliment, etwas sehr Zartes und Besonderes.

Sie protestierte nicht, als er sich ein zweites und ein drittes Glas einschenkte und schließlich die ganze Flasche leer machte. Dabei sah er sie zärtlich an und schüttelte immer wieder den Kopf, ohne dass erkennbar war, was wirklich in ihm vorging.

»Ein sehr gutes Mädchen ... Oder warte! ... Jetzt hab ich's: Du bist eine Schwester!«

Er war erleichtert, dass er endlich den richtigen Ausdruck gefunden hatte, und seine Augen wurden feucht. Er trank seinen restlichen Wermut aus, während Léa sich vor ihn hinkniete und ihm Schuhe und Strümpfe auszog.

Aber daran erinnerte er sich nicht mehr. Auch nicht daran, dass er sich hingelegt hatte und zwei Stunden später wieder aufgestanden und ins Bad gegangen war, um sich zu erbrechen, und dabei gegen die Wände gestoßen war, weil er den Weg nicht kannte und glaubte, er sei in seiner Wohnung am Quai Colbert.

Und er erinnerte sich auch nicht daran, dass er Léa Nicole genannt hatte.

7

Er schlief nicht mehr richtig, aber er war auch noch nicht richtig wach. Es war ein Zustand dazwischen, und er bemühte sich, ihn noch eine Weile zu wahren. Das war ein Trick, den er gut beherrschte und vor allem dann anwandte, wenn er am Abend zuvor getrunken hatte. Außerdem weckte der Alkohol seine Sinnlichkeit, sein Verlangen nahm Gestalt an und wurde drängend.

Er war um die gleiche Zeit wieder zu sich gekommen wie an jedem Morgen. Und sofort, er brauchte gar nicht die Augen zu öffnen, wurde ihm bewusst, dass er nicht in seinem Bett lag und dass der warme nackte Schenkel, auf dem seine Hand lag, der von Léa war. Dann war die Erinnerung zurückgekommen. Nicht an alles. Es war mehr ein Gesamteindruck, mit ein paar Einzelheiten hier und da. Zum Beispiel war in seinem Gedächtnis noch die Rührung lebendig, die er am Abend zuvor empfunden hatte, als er Léa angesehen und dabei an eine Schwester gedacht hatte. Er fand das auch jetzt nicht lächerlich. Er schämte sich nicht.

Er hatte die Lider einen Spalt geöffnet, gerade so weit, um sich zu orientieren und einen cremefarbenen Vorhang zu erkennen, hinter dem es Tag wurde. Dann hatte er sich wieder in seinen Dämmerzustand fallen lassen, so ähnlich wie damals im Garten unter der Linde an dem Tag, an dem er Zahnweh gehabt hatte. Etwas in ihm weigerte sich, ins gewöhnliche Leben zurückzukehren. Wie wild krallte er sich fest in diesem Reich, in dem nichts Bedeutung hatte außer dem Beben seiner Sinne.

Genau das war es doch, das Eintauchen in eine andere Welt, was Edmonde in völlig wachem Zustand, mitten am Tag und an jedem beliebigen Ort gelang, sobald es in ihrer Phantasie klick! gemacht hatte. Und mit ihr zusammen war er auch so weit gekommen. Wer weiß, vielleicht konnte sie über dieses Klick! ganz nach Belieben verfügen?

Das Universum rückte dann so weit weg, bis es nur noch ein unbedeutender Nebelfleck war. Die Dinge verloren ihr Gewicht, die Menschen waren nur noch groteske kleine Hampelmänner; alles, was einem sonst wichtig war, verlor an Bedeutung. In dieser engen, einlullenden, wohlig warmen Welt gab es nur noch das Pochen des Blutes in den Adern, eine anfangs undeutliche Symphonie, die nach und nach an Klarheit gewann und sich schließlich ganz auf das Geschlecht konzentrierte.

Sie erröteten oder schämten sich nicht, wenn sie nun ihr Geschlecht für einen Moment zum Mittelpunkt ihres Seins machten und alle Quellen der Lust ausschöpften.

Er konnte es kaum erwarten, Edmonde zu sehen, ihr das Zeichen zu geben, in ihren Augen die Antwort zu lesen und mit ihr in dieses Reich einzutauchen.

Heute wollte er es endlos hinauszögern. Er musste sie wie eine Tote vor sich haben, mit zusammengekniffenen Nasenflügeln und geschürzter Oberlippe, so dass man die Zähne sah. Er wollte sie gar nicht wieder zu sich kommen lassen, sondern von neuem beginnen, neue Zärtlichkeiten erfinden, bis sie um Gnade bettelte. Sie würden alle beide sehr weit gehen; weiter denn je. Bis an den äußersten Rand des Abgrunds. Bis sie der Schrecken durchfuhr, dass es kein Zurück mehr gebe.

Sein Verlangen machte den ganzen Körper empfindlich wie eine frische Schürfwunde. Sogar die Berührung mit dem Bettlaken erweckte in ihm Begierde. Aber er dachte nicht daran, sie mit Léa zu stillen, obwohl seine Hand immer noch über ihren nackten Schenkel fuhr. Im Gegenteil, er wollte seine Erregung noch weiter steigern und malte sich dazu das Zusammensein mit Edmonde bis in die kleinsten Einzelheiten aus.

Nicht im Büro, auch in keinem anderen Raum am Quai Colbert, wo sie schon einmal zusammen gewesen waren. Der Tag versprach schön zu werden. Der cremefarbene Vorhang wurde bereits von glänzenden Sonnenstrahlen vergoldet. Dabei fiel ihm die Linde mit den vielen summenden Insekten ein, und so dachte er an eine abgelegene Wiese oder eine Waldlichtung, in deren Nähe er das Auto anhalten würde.

War das nun eine Reaktion auf die Ängste vom Vorabend, dieser Heißhunger auf Edmonde, auf ihren Körper und die geheimnisvollen Phasen ihrer Erregung?

Mit einem Schlag verlor alles an Bedeutung: der Ziegenmann, Benezech, sein Bruder Marcel und der junge Chevalier. Das wenigstens konnte ihm niemand nehmen.

Es wäre nicht das erste Mal, dass er am Rand einer Wiese hielt. Und jedes Mal, wenn er sich danach aufrichtete, war er wie trunken vom Geruch der feuchten Erde und dem von Edmonde. Einmal hatten sie gleich hinter der Hecke, an der sie lagen, ein Geräusch gehört, und er wollte hochfahren. Aber sie hatte ihm die Fingernägel ins Fleisch gegraben und ihn fest an sich gedrückt. Noch nie war sie so hinreißend gewesen.

Am Vormittag musste er bei Renondeau überprüfen, ob der Beton auch richtig gebunden hatte. Sollte er sie da schon mitnehmen? Oder erst später, am Nachmittag?

Traumverloren malte er sich die Umgebung und die näheren Umstände aus, und sein Verlangen wurde so stark, dass es schmerzte. Dabei streichelte er immer noch Léa, die sich jetzt im Halbschlaf auf den Rücken drehte.

»Komm«, murmelte sie mit einer Stimme, die von sehr weit herkam, und öffnete die Schenkel.

Er sagte, er wolle nicht, und stand auf, um der Versuchung nicht zu erliegen. Sie schickte ihm einen verwunderten Blick hinterher, war aber noch zu schlaftrunken, um irgendwelche Fragen zu stellen.

Erst als er aufrecht stand, merkte er, dass er Kopfschmerzen hatte und regelrecht ausgepumpt war. Er machte sich deswegen jedoch keine Sorgen. Er wusste, dass dieses Unwohlsein bald aufhören, das Verlangen dagegen bleiben würde.

Er zog sich die Hose über und ging in die Küche, wo er Wasser aufsetzte und in den verschiedenen weißen Dosen auf einem Hängeregal nach Kaffee suchte. Er fand ihn auch und schüttete mehrere Maß voll in die Mühle, die an der Wand befestigt war.

Er brühte den Kaffee gerade auf, als Léa geräuschlos im

Türrahmen erschien. Sie war nackt und hatte von den Falten im Leintuch noch rosa Streifen auf der zarten Haut.

»Was machst du denn da?«

»Kaffee.«

»Wie spät ist es?«

»Zwanzig nach sechs«, sagte er nach einem Blick auf die Uhr über dem Kamin.

»Gehst du schon?«

Er nickte.

Sie kam allmählich zu sich und schaute ihn wieder wie am Abend zuvor so merkwürdig an. Als habe sie an ihm etwas Beunruhigendes entdeckt, so etwas wie ein Brandmal, und als lasse sie ihn nur ungern gehen.

»Deine Frau?«

»Nein.«

»Sie sagt nichts?«

»Nein.«

»Da hast du aber Glück.«

Zwecklos, ihr zu erklären, dass sie sich da täuschte; dass er im Gegenteil überhaupt kein Glück hatte.

»Deine Geschäfte?«

Nein, auch seine Geschäfte zwangen ihn nicht zum Aufbruch. Es war nicht unbedingt erforderlich, dass er an diesem Morgen zum Renondeau-Hof hinausfuhr.

»Das Mädchen, von dem du mir erzählt hast?«

Er nickte. Wozu noch lügen, an dem Punkt, den er erreicht hatte?

»Ach so. Deswegen hast du eben auch nicht gewollt …«

Sie war nicht beleidigt, schien jetzt aber offenbar noch beunruhigter.

»Du könntest mir eigentlich auch einen Schluck Kaffee einschenken«, meinte sie. »Mir macht das nichts, ich kann nachher trotzdem weiterschlafen. Weißt du eigentlich, dass es dir heute Nacht sterbenselend war?«

»Nein.«

»Egal. Ich mache dir keine Vorwürfe. Das Schwierigste war, dich wieder ins Bett zu schaffen. Du hast vielleicht ein Gewicht!«

»Wie, du hast mich tragen müssen?«

»Was heißt hier tragen. Heben, stoßen, schieben, so gut es eben ging.«

»Ich bitte dich um Entschuldigung.«

»Quatsch!«

Sie setzte sich, und es war sonderbar, sie nackt auf dem weißen Küchenstuhl sitzen und Kaffee trinken zu sehen.

»Willst du baden, bevor du gehst?«

»Nein, das mache ich nachher bei mir.«

»Wie du willst. Möchtest du vielleicht ein Aspirin?«

»Ja.«

Sie stand auf und holte die Tabletten im Badezimmer und putzte sich dort gleich noch die Zähne. Er trank zwei Tassen Kaffee und konnte sich hinterher sogar eine Zigarette anstecken, ohne dass es ihm den Magen umdrehte.

»Ich ziehe mich jetzt fertig an.«

»Stehst du immer so früh auf?«

»Um sechs. Manchmal auch um halb sechs.«

Sie ging mit ihm ins Zimmer und sah ihm mit nachdenklicher Miene beim Ankleiden zu. Dann begleitete sie ihn zur Wohnungstür, schob den Riegel zurück und küsste ihn auf beide Wangen.

»Danke«, sagte er und küsste sie ebenfalls.

»Gib auf dich acht!«, rief sie ihm noch hinterher.

Das erreichte ihn nicht gleich; erst als er sich unten auf der Straße nach seinem Wagen umsah, wurde er stutzig. Warum hatte sie das gesagt, noch dazu so eindringlich? Wo sie doch von gar nichts wusste!

Am Quai Colbert hatten sich schon ein paar Nordafrikaner eingefunden. Ein Frachtkahn, auf dessen Bug ein rot-weißes Dreieck aufgemalt war, fuhr gerade vorbei. Der Schiffer an Deck winkte zu der Mannschaft des Schiffes hinüber, dessen Ladung gerade gelöscht wurde, und rief ihnen den Namen der Schleuse zu, bei der man sich wieder treffen würde.

Er ging zuerst in die Büros und streichelte im Vorbeigehen etwas verlegen über Edmondes Schreibtisch. Er wollte nicht, dass sein Verlangen abebbte. Nüchtern und bei Tag betrachtet verloren die Bilder, die er in Léas Bett heraufbeschworen hatte, bereits etwas von ihrer Intensität; die von ihm erträumten Szenen, die Gesten und Worte waren bereits weniger real.

Er würde trotzdem mit ihr aufs Land hinausfahren, irgendwohin, und er würde sie nehmen, wild und hemmungslos. Er brauchte das. Er wollte sich damit vor allem beweisen, dass sie im Recht waren, dass sie einen Anspruch darauf hatten und dass an der Lust, die sie einander schenkten, nichts schmutzig oder sündhaft war.

Das war es doch, was ihm mehr zusetzte als die Angst und alles Übrige. Man hatte ihm plötzlich die einzigen Augenblicke wahrer Freude besudelt, die er je gekannt hatte. Diese und die andere damals unter der Linde, an dem Tag mit den Zahnschmerzen, das war ein und dasselbe, derselbe Höhenflug, derselbe Sprung in eine andere Welt.

Was damals zwei gewöhnliche Schmerztabletten, die ihn benommen gemacht hatten, sowie die vereinzelt durchs Laub dringenden Sonnenstrahlen und das Summen der Mücken bei ihm bewirkt hatten, das erreichten sie jetzt mit ihren Körpern, Edmonde und er.

Worin bestand ihre Schuld? Und, wenn sie nicht schuldig waren, warum wurde er dann so oft von dieser dumpfen Unruhe ergriffen, seit er Edmonde kannte?

Als die Hupe schauerlich hinter ihm aufgeheult hatte, warum ...

Er wollte nicht weiterdenken, sich nicht daran erinnern. Um keinen Preis wollte er die drei Tage noch einmal durchleben, die er gerade hinter sich hatte. Er stieg die Treppe zur Wohnung hinauf, nahm dabei drei Stufen auf einmal und stieß die Küchentür auf. Angèle fuhr zusammen und sah ihn an wie einen, der von den Toten auferstanden ist.

»Machen Sie mir einen Kaffee.«

Für Angèle war er wahrscheinlich der Leibhaftige in Person.

»Madame ist noch nicht auf, und sie hat mir nichts aufgetragen«, brummelte sie vor sich hin, als er sich schon zum Flur wandte.

»Das ist mir egal.«

Damit hatte er noch Zeit, kalt zu duschen und sich umzuziehen. Er war schon fertig, als sich die Schlafzimmertür einen Spalt öffnete. Nicole sagte nur:

»Du bist also da.«

Er suchte nicht nach Entschuldigungen oder Erklärungen. Das lohnte sich jetzt nicht mehr. Auch den Zwischenfall bei Marcel erwähnte er nicht.

»Geht's dir gut?«

»Bestens.«

»Soll ich das Frühstück auftragen lassen?«

»Ich möchte eigentlich nichts essen.«

Ein Frühstück hätte sein Magen wohl nicht verkraftet. Auf dem Quai und im Bauhof war die Arbeit schon in vollem Gange. Das Kreischen der Motorsäge setzte jeweils für einen Moment aus, wenn ein Stück Holz mit dumpfem Schlag zu Boden fiel. Seine Kopfschmerzen waren inzwischen verflogen; geblieben waren einzig das Gefühl von Leere im ganzen Körper sowie eine übersteigerte Empfindlichkeit.

Über eine halbe Stunde lang stand er zwischen Lastwagen und Baumaterial und besprach sich mit Bauleitern und Arbeitern. Dann ging er bis zum Quai, um sich zu vergewissern, dass die Fracht bis zum nächsten Abend fertig entladen sein würde. Der Verbindungssteg, der am Samstag noch so gut wie horizontal gewesen war, fiel jetzt steil ab; denn je weniger Gewicht die Ladung noch hatte, desto höher lag das Schiff auf dem Wasser und entblößte seine schmutzig grauen Flanken, die der Schiffer bereits mit Holzteer bestrich.

Um neun Uhr, zum Arbeitsbeginn der Angestellten, war er in seinem Büro. Er sah, wie Edmonde die Quaistraße überquerte, bekam bei ihrem Anblick zum ersten Mal so etwas wie einen Schock und wurde von einer fieberhaften Unruhe ergriffen. Es kam ihm ewig vor, bis er endlich die Verbindungstür aufmachen konnte.

»Mademoiselle Pampin? Kommen Sie mal, bitte?«

»Mit meinem Block?«

»Nein, nicht nötig.«

Hatte sie geschaltet? Dachte sie vielleicht, dass es gleich sein sollte? Er lächelte nicht, war nicht fröhlich; im Gegenteil, er war eher grimmig, empfand eine unbestimmte Angst. Als sie die Tür hinter sich zugemacht hatte, blieb sie stehen, und er fragte sich jetzt, ob sie nach dem, was auf der Grande Côte passiert war, noch dazu bereit sein würde, ob es bei ihr überhaupt noch klick! machte.

Er ging im Büro auf und ab und schob den Augenblick, in dem er sie ansehen würde, von Sekunde zu Sekunde hinaus. Sie selbst rührte sich nicht vom Fleck und blieb kerzengerade, mit gefalteten Händen, stehen.

»Ich wollte Ihnen nur sagen …«

Er sah sie endlich an und hatte den Eindruck, dass ein flüchtiges Lächeln über ihr Gesicht gehuscht war.

»Ich werde Sie wahrscheinlich bitten, mich heute zu begleiten …«

»Heute Morgen?«

Er belauerte sie. Er war sicher, dass sie seinen Blick erkannt hatte. Aber er hätte gern gewusst, ob bei ihr die Reaktion einsetzte.

»Heute Vormittag oder heute Nachmittag, ich weiß noch nicht genau. Diesmal …« – seine Stimme klang weniger natürlich – »haben wir einen ziemlich weiten Weg vor uns.«

»Gut, Monsieur Lambert.«

Er musste die Augen abwenden, denn sein Blick war beinahe flehend; er wollte jedoch nicht rührselig werden.

»Haben Sie verstanden?«

»Ja, Monsieur.«

Er schaute sie nochmals genau an.

»Zufrieden?«

Sie beschränkte sich darauf, die Lider zu senken. Er war fast sicher, dass sie eine Spur blasser geworden war – und das war das Zeichen.

»Bis später also.«

Er war jetzt wieder in der Spur. Er war glücklich und hatte plötzlich das Bedürfnis, zu Marcel hinüberzugehen. Er wunderte sich ohnehin, dass sein Bruder sich noch nicht hatte blicken lassen. Drei Zeichner beugten sich über ihr Zeichenbrett, und Marcel arbeitete in Hemdsärmeln.

»Tut mir leid, dass ich gestern Nachmittag weggegangen bin, ohne mich zu verabschieden«, sagte Lambert leicht gezwungen.

»War auch besser so. Aber noch besser wär's gewesen, wenn du überhaupt nicht erschienen wärst.«

Es war das erste Mal, dass Marcel ihm gegenüber einen solchen Ton anschlug – trocken, verächtlich. Lambert stieg das Blut in den Kopf; er ballte die Fäuste und war kurz davor, auf seinen Bruder loszugehen, ihn an den Schultern zu packen und durchzuschütteln.

Aber er hielt sich zurück, und sein Zorn war fast ebenso schnell wieder verraucht. Er brummte, immerhin so laut, dass die Angestellten es hören konnten:

»Rotznase!«

Ihm hatte keiner eine Lektion zu erteilen, schon gar nicht sein Bruder. Er ging zu Monsieur Bicard hinüber, der montagmorgens immer ein paar Unterschriften von ihm brauchte. Dann ging er in sein Büro zurück in der Absicht, sofort aufzubrechen und zum Renondeau-Hof hinauszufahren. Was Edmonde betraf, war es besser, bis zum Nachmittag zu warten und in die Gegend von Orville zu fahren, dort gab es viel Wald.

Er war gerade dabei, den Hut vom Kleiderständer zu nehmen, als vom Quai Geschrei herüberdrang. Er blickte hinaus und sah, wie einer der Nordafrikaner von zwei Landsleuten festgehalten wurde, sich jedoch losriss und Hals über Kopf auf das Gässchen zulief, das Nicole am Vortag auf dem Rückweg von der Kirche genommen hatte, die sogenannte Abkürzung.

Zwischen verstreut herumliegenden Backsteinen lag eine Gestalt am Boden, er sah zuerst nur die langen Beine. Er riss das Fenster auf und schrie hinaus: »Was ist los?«

Oscar machte ihm vom Quai her ein Zeichen, er solle kommen. Eben noch, als der Mann geflüchtet war, hatte man Schreie und arabische Satzfetzen gehört. Jetzt dagegen herrschte absolute Stille. Man hätte meinen können, jeder Einzelne sei in der Haltung erstarrt, in der ihn ein geheimes Signal überrascht hatte.

Auch in den Büros war man auf den Lärm aufmerksam geworden, und so kam es, dass Lambert gleichzeitig mit seinem Bruder die Uferstraße überquerte. Marcel beugte sich als Erster über den Verletzten. Das Hemd des Mannes war blutbefleckt. Er blickte starr zum Himmel, kein Klagelaut kam über seine Lippen.

»Was ist denn passiert, Oscar?«

»Es ging alles so schnell, dass ich fast nichts gesehen habe. Sie waren hintereinander auf dem Steg, jeder mit seinem Packen, und der Vordere sprach halblaut vor sich hin. Das weiß ich noch. Aber nach Streit hat es nicht geklungen. Es war eher so, als würde der Erste ein Gebet sprechen. Dann ging alles blitzschnell. Ich hab nicht mal Zeit gehabt, mich vom Fleck zu rühren. Der Hintere hat plötzlich seine Ladung Backsteine fallen lassen, ein Messer unter dem Hemd hervorgezogen und es dem anderen in den Rücken gestoßen.«

Marcel kniete noch immer neben dem Verletzten und gab dem Angestellten, der ihm gefolgt war, Anweisungen. Von den Büros, wo die Stenotypistinnen sich an den Fenstern drängten, kamen jetzt auch andere zögernd näher.

»Das ist in etwa alles. Zwei der Männer haben sich auf den mit dem Messer gestürzt und ihn festgehalten, während die anderen in ihrem Kauderwelsch durcheinandergeredet haben, alle gleichzeitig. Ich hatte den Eindruck, sie haben auf die beiden eingeredet, den Mann wieder loszulassen. Jedenfalls hätten sie ihn festhalten können, wenn sie das gewollt hätten. Und jetzt, um den wiederzufinden ...«

»Wie heißt er?«

»Mohammed irgendwas. Ich habe den Namen auf der Liste.«

Der Angestellte kam mit einem Verbandskasten wieder; so etwas brauchten sie hier auf dem Bauhof oft. Marcel war jetzt ganz in seinem Element: ruhig und präzise gab er seinem Assistenten knappe Anweisungen wie ein Chirurg im Operationssaal.

»Ist es schlimm?«

»Ich glaube nicht.«

Der verletzte Araber sah sie so ungerührt an, als ob er gar nicht persönlich betroffen wäre, und seine Landsleute standen immer noch stumm um ihn herum.

Lambert fragte:

»Hat jemand die Polizei verständigt?«

Marcel antwortete:

»Ich habe gesagt, jemand soll Benezech Bescheid geben.«

Eine Polizeisirene kündigte den Chefkommissar bereits an. Benezech stieg aus und kam auf die Gruppe zu.

»Hat's wieder mal Streit gegeben?«, meinte er und drückte Lambert die Hand.

»Wir wissen es nicht. Sie waren beim Ausladen, als sein Hintermann sich auf ihn gestürzt und auf ihn eingestochen hat.«

»Ebenfalls Araber?«

»Ja.«

»Und die anderen haben ihn entwischen lassen?«

»Zwei haben versucht, ihn festzuhalten, aber …«

»Mist!«

Der Kommissar wandte sich an Oscar.

»Hast du alle Namen und Adressen?«

»Ja, im Schuppen hinten.«

»Dann bring mir doch mal die Liste.«

Benezech betrachtete den am Boden liegenden Mann.

»Du hast mir wohl nichts zu sagen, stimmt's?«

Das Gesicht des Nordafrikaners blieb unbeweglich bis auf die Augen, die sich ausdruckslos auf den Kommissar gerichtet hatten.

»Du weißt absolut nichts, nicht wahr? Weder, warum der andere auf dich eingestochen hat, noch …«

Er zuckte die Achseln und wandte sich an einen Inspektor.

»Ruf den Unfallwagen. Sie sollen ihn ins Krankenhaus bringen.«

Oscar war inzwischen mit der Namensliste zurückgekommen, und Benezech trat mit ihm ein paar Schritte beiseite. Edmonde stand auch oben am Fenster, wie immer in Schwarz, wodurch ihre Haut noch heller wirkte. Sie schaute jedoch nicht auf die Menschengruppe am Quai. Lambert folgte ihrem Blick und entdeckte den Ziegenmann, der etwa zwanzig Meter weiter allein bei einem Baum stand.

Ein paar Autos hatten inzwischen angehalten, und es hatte sich eine Gruppe von Schaulustigen gebildet, so dass Lambert den Mann nicht bemerkt hatte.

Er war nicht mehr sonntäglich gekleidet wie tags zuvor, sondern in seinem gewöhnlichen Aufzug. Lang und mager stand er da, den Rücken gegen den Baumstamm gelehnt. Er hatte einen kleinen Zweig vom Boden aufgelesen und war damit beschäftigt, ein Blatt nach dem anderen abzuzupfen.

Der Verletzte interessierte ihn überhaupt nicht, seine Aufmerksamkeit galt Lambert. Und Lambert meinte, in seinen hellgrauen Augen eine Art Frohlocken zu lesen.

Jetzt, da er zum zweiten Mal hier aufgetaucht war,

konnte Lambert unmöglich noch länger an einen Zufall glauben, und die Anwesenheit von Benezech machte die Lage bedrohlicher denn je. Der Kommissar drehte ihm zwar den Rücken zu; er unterhielt sich immer noch mit Oscar und schrieb etwas in sein Notizbuch. Aber dann, als der Unfallwagen eintraf, drehte er sich um.

Lambert war sich ganz sicher: Benezechs Blick war zunächst nirgendwo hängengeblieben und auch achtlos über die unerwartete Erscheinung des Ziegenmannes hinweggeglitten. Doch er war sofort zu ihm zurückgekehrt und hatte einen Augenblick prüfend bei ihm verweilt.

Das alles war subtiler und schneller vor sich gegangen, als sich beschreiben lässt. Dennoch hatte Lambert schlagartig Benezechs Verwunderung erfasst, den Ziegenmann, den er ja auch kannte, am Quai Colbert anzutreffen.

Und dann war es auch schon vorbei. Benezech sprach mit den Leuten vom Krankenwagen, die eine Trage mitgebracht hatten. Marcel hatte sich wieder aufgerichtet und erläuterte, was er an Erster Hilfe geleistet hatte, und Oscar war bereits dabei, seine Männer wieder zusammenzutrommeln, damit die Arbeit weiterging.

In den Büros waren die Gesichter von den Fenstern verschwunden. Der Ziegenmann entfernte sich langsam und, um die Aufmerksamkeit nicht auf sich zu lenken, mit den Bewegungen eines Tieres und blieb dabei immer nahe bei den Bäumen am Ufer. Lambert fing noch einen seiner Blicke auf, bevor er verschwand.

Die Türen schlossen sich, und der Rettungswagen fuhr los. Marcel, Benezech und ein Inspektor standen neben einer der roten Backsteinpyramiden in der Sonne. An

Deck des Frachtkahns stand das kleine Mädchen, es hatte die ganze Zeit zugeschaut.

»Früher oder später kriegen wir ihn zu fassen«, sagte Benezech. »Aber was nützt uns das! Seine Kameraden werden den Teufel tun und eine Aussage gegen ihn machen. Nicht einmal der Verletzte wird etwas sagen.«

War es Einbildung, oder hatte er Lambert gerade ganz ähnlich angesehen wie zuvor den Ziegenmann? Als wäre ihm gerade eine Idee gekommen?

»Wer von Ihnen hat den Vorfall beobachtet?«

»Oscar.«

»Und Sie, Lambert?«

»Als ich den Krach draußen hörte, bin ich ans Fenster gestürzt, aber der Verletzte lag schon am Boden. Der andere hatte sich gerade losgerissen und ist weggelaufen.«

»Und Sie?«

Die Frage war an Marcel gerichtet.

»Ich habe noch weniger gesehen: einen Mann, der weglief, einen zweiten am Boden und die anderen, die dastanden und zuschauten.«

Der Ziegenmann war offenbar, genau wie der flüchtige Araber, in das Gässchen eingebogen, das auf der einen Seite von der hohen Mauer eines Klostergartens, auf der anderen von einem Bauzaun begrenzt wurde und in die Rue des Capucins mündete. Es war einer der ruhigsten und abgelegensten Winkel in der Stadt, mit weit überhängenden Ästen und einer einzigen Gartenpforte, die jedoch nie benutzt wurde.

»Bleibt mir nichts anderes übrig, als mir die Burschen

alle einzeln vorzuknöpfen. Brauchen Sie sie hier noch lange?«

»Morgen Abend sollten wir fertig sein.«

»Dann bestelle ich sie mir auf Mittwoch früh.«

Benezech drückte zuerst Marcel die Hand, dann Lambert.

»Sie kommen heute Abend zum Bridge?«

»Wahrscheinlich, ja.«

Hatte er ihn anders als sonst angesehen? Mit einem fragenden und irgendwie verwunderten Ausdruck in den Augen?

Lambert überquerte die Uferstraße wieder und ging ins Haus zurück. Auf dem Weg zu seinem Büro kam er an Edmonde vorbei, die gerade Korrespondenz ablegte. Er hätte sie beinahe zu sich gerufen, als er danach an seinem Schreibtisch saß. Er hatte plötzlich furchtbare Angst. Es war nicht mehr die noch unbestimmte Bedrohung, die ihm so zusetzte, sondern die Angst, um den Genuss gebracht zu werden, den er sich am Morgen erträumt hatte.

In dem lustvollen Taumel, neben Léas warmem, weichem Körper, hatte er sich das Zusammensein mit Edmonde bis in die kleinsten Einzelheiten ausgemalt, und manche davon waren so unmöglich, dass er später, bei klarem Verstand, von selbst darauf verzichtet hätte.

Nichts hinderte ihn daran, sie sofort hereinzurufen und die Tür hinter sich abzuschließen oder mit ihr in den Wagen zu steigen und irgendwohin zu fahren.

Was hielt ihn davon ab? Er wusste es selbst nicht. Er hatte das Gefühl, dass er noch nicht so weit war. Diesmal sollte es so außergewöhnlich sein, dass er jetzt Lampenfieber bekam und die Sache auf später verschob. Und außerdem, hatte er ihr nicht gerade erst zu verstehen gegeben, dass es am Nachmittag stattfinden sollte?

Er wollte sein Verlangen schwelen lassen, es sollte so heftig und schmerzhaft werden, dass er alles Irdische hinter sich lassen würde, wenn er es dann endlich stillte.

Gerade als er wegwollte, klingelte das Telefon. Es war Nicole, sie rief aus der Wohnung an, wo sie wahrscheinlich beim Aufräumen war.

»Was war los? Eine Schlägerei?«

»Messerstecherei.«

»Ist er tot?«

»Nein. Marcel glaubt, dass es keine schwere Verletzung ist.«

»Gehst du noch weg?«

»Ja. Zum Renondeau-Hof.«

»Dann gib acht.«

Diese Bemerkung berührte ihn eigenartig. Schon zum zweiten Mal an diesem Tag warnte ihn jemand, als stünde ihm etwas auf der Stirn geschrieben. Léa hat nackt in der Tür gestanden und nachdenklich gesagt:

»*Gib auf dich acht.*«

Seine Frau sagte nur:

»*Gib acht.*«

Das war weniger genau, es konnte alles bedeuten. Zum Beispiel, dass er beim Fahren achtgeben sollte. Sie wusste, dass er am Abend oder in der Nacht getrunken hatte, und dachte vielleicht, er sei noch nicht wieder ganz nüchtern.

»Bis nachher«, sagte er zu ihr.

Als er gleich darauf durch das große Büro hinausging, sah er Edmonde so intensiv an, dass es wahrscheinlich theatralisch wirkte.

Sie wechselten kein Wort. Sie kam ihm noch verschlossener vor als gewöhnlich; aber er war sicher, dass in ihrem Blick ein Versprechen lag.

Sie waren nicht fröhlich, beide nicht. Sie waren nie fröhlich. Und jetzt … Sahen sie nicht aus wie zwei, die verdammt sind? Und doch war Lambert davon überzeugt, dass sie beide unschuldig waren, und das hätte er am liebsten in die Welt hinausgeschrien, ohne Hoffnung, sich Gehör zu verschaffen.

Bei Benezech am allerwenigsten, nach allem, was Léa von ihm erzählt hatte. Benezech, der auf das Mädchen so scharf war und es sich doch versagt hatte, als Léa sich ihm angeboten hatte. Der sich mit einem jämmerlichen Scherz aus der Affäre gezogen hatte.

»In ein paar Jahren vielleicht, wenn ich im Ruhestand bin …«

Und Léa hatte ihn bewundert! Léa mochte und respektierte ihn.

Zu Lambert hatte sie, ohne etwas zu wissen, gesagt: *»Gib auf dich acht.«*

Er stieg gerade die sechs Stufen zum Hof hinunter, als er Marcels Stimme hinter sich hörte.

»Moment mal, Joseph!«

Er drehte sich um, und Marcel kam mit zuckenden Lippen auf ihn zu.

»Nur ein Wort. Wenn du wieder in einem normalen Zustand bist«, sagte er, »erwarte ich von dir, dass du dich vor den Angestellten bei mir entschuldigst. Es hat alles seine Grenzen.«

»Ich denke nicht daran«, erwiderte Lambert.

Marcel stand eine Stufe höher als sein Bruder. Sie sahen einander herausfordernd an und wandten sich dann ohne ein weiteres Wort den Rücken zu.

Er würde sich weder bei Marcel noch bei sonst jemandem entschuldigen. Weil er es nicht nötig hatte, weil er sich nichts hatte zuschulden kommen lassen, was auch immer er einen Augenblick lang gedacht hatte. Er war jetzt fest von seiner Schuldlosigkeit überzeugt, und diese Überzeugung wuchs von Minute zu Minute.

Dieses Gefühl war so stark, dass es ihm nichts ausmachte, über das Château Roisin zu fahren und kurz vor der Tankstelle der Despujols sogar den Ziegenmann zu überholen, der mit regelmäßigem, weit ausholendem Schritt am Straßenrand entlangmarschierte. Seine Ziegen, die weiter oben neben der Grande Côte auf einer winzigen, mit Stacheldraht abgezäunten Wiese eingesperrt waren, begriffen nicht, warum er so weit von ihnen entfernt war, und meckerten kläglich nach ihm.

Renondeau war gerade dabei, die Nachmahd einzufahren.

»Haben Sie sie gesehen?«, fragte er, wischte sich mit dem Ärmel den Schweiß von der Stirn und reichte ihm seine schwielige Hand.

»Wen?«

»Die Gendarmen. Nicht unsere, die von Marpou. Jetzt nehmen sie sich wohl gerade den alten Jouanneau vor, ein Stück weiter oben. Mindestens zum dritten Mal hab ich jetzt dieselben Fragen beantworten müssen, und so geht das auf jedem Hof. Zuerst die von unserer eigenen Gendarmerie, und mit denen ist man ja noch auf Du und Du, dann die von der Polizei, jetzt die Gendarmen von Marpou: Was haben Sie am letzten Mittwoch zwischen fünf und sechs gemacht, wo haben Sie sich aufgehalten, konnten Sie die Autos sehen, die auf der Straße vorbeigefahren sind, ist Ihnen ein Citroën DS 19 aufgefallen und so weiter ...«

»Und was haben Sie gesagt?«

»Natürlich die Wahrheit.«

Hatte Renondeau den Gendarmen gesagt, dass Lambert eine knappe halbe Stunde vor dem Unfall seinen Hof in Richtung Grande Côte verlassen und eine Frau bei sich im Auto gehabt hatte?

Er wagte nicht, danach zu fragen.

»Sie wollen sich den Beton ansehen?«, fragte der Bauer. »Gehen wir hinüber?«

Sie gingen gemeinsam zum Polier, und bevor Lambert aufbrach, wurde er zu dem traditionellen Glas Weißwein eingeladen.

»Sie sind ein verdammter Glückspilz, Monsieur Lambert«, meinte Renondeau.

»Wieso?«

»Erstens, weil Sie einen Haufen Geld verdienen, ohne dass Sie selber mit anpacken müssen. Und zweitens, weil Sie die ganze Zeit so in der Gegend herumkutschieren können und Gelegenheiten haben noch und noch ... Ich jedenfalls würde viel dafür geben, mal mit der jungen Dame von neulich allein zu sein ...«

Merkwürdig, dass der Bauer so auf Edmonde reagierte, denn die Männer im Büro konnten ihr gar nichts abgewinnen. Hatte Renondeau auf den ersten Blick kapiert, was es mit ihr auf sich hatte?

»Auf Ihr Wohl und auf das der jungen Dame!«

»Auf das Ihre, Renondeau.«

»Und, unter uns gesagt«, meinte Renondeau augenzwinkernd, »wenn Sie wieder mal auf die Wiese da unten kommen, dann brauchen Sie sich nicht zu genieren!«

Lambert fiel der Junitag wieder ein, an dem er mit Edmonde hinter einer Hecke gelegen hatte. Er hatte nicht gewusst, dass sie sich auf Renondeaus Terrain befanden. Es konnte nicht jenes Mal gewesen sein, an dem sie ein Geräusch gehört hatten. Doch der Bauer hatte ihnen anscheinend nachspioniert.

»Jetzt hab ich Sie doch nicht etwa beleidigt?«

»Aber nein.«

Renondeau war richtig rot geworden.

»Ein Weib ist das!«, murmelte er vor sich hin.

Als Lambert in den Wagen stieg, bedauerte er, dass er Edmonde nicht doch mitgenommen hatte. Kein Heuwagen unterwegs, weit und breit keine Menschenseele ... Er schaute im Vorbeifahren etwas verwirrt zu der Stelle hinüber, wo sie beim letzten Mal ausgestiegen und mit einem Satz über den Graben gesprungen war.

Jetzt war es zu spät, sie zu holen. In wenigen Minuten würde die Sirene den Beginn der Mittagspause ankündigen, und Edmonde würde wie die anderen zum Essen gehen.

Sobald er seinen Wachtraum verwirklicht hätte, würde er sie zur Rede stellen.

Ob sie ihm antworten würde? War ihr überhaupt bewusst, bis zu welchem Punkt sie beide schon gekommen waren? Sie waren kein Liebespaar wie die anderen, sie waren überhaupt kein Liebespaar. Sie waren zwei Komplizen, waren es von Anfang an gewesen.

Er musste unbedingt in Erfahrung bringen, ob sie sich schuldig fühlte. Bestimmt nicht, andernfalls wäre sie nicht so gewesen, wie sie war. Aber er musste das aus ihrem eigenen Munde hören. Um das zu erreichen, war ihm alles recht. Notfalls würde er ihr weh tun, bis sie den Mund aufmachte.

Bisher hatte er sich damit begnügt, ihr zu folgen, in ihr all das zu entdecken, was er sein Leben lang instinktiv gesucht hatte.

Die anderen Frauen zählten nicht. Mit ihnen, selbst mit Léa, waren nur die üblichen obszönen Mechanismen in Gang gekommen, die keinerlei Spur hinterließen.

Ihre Fähigkeit, gemeinsam zu entfliehen, war für ihn dagegen wie eine Offenbarung gewesen ...

Plötzlich standen zwei Gendarmen neben einem kleinen schwarzen Auto und machten ihm Zeichen anzuhalten. Der eine kam auf die Wagentür zu.

»Sie sind aus der Gegend?«, fragte er und tippte an sein Käppi.

Es waren offenbar die aus Marpou. Er kannte sie nicht, und sie wiederum kannten ihn nicht.

»Joseph Lambert, Bauunternehmer am Quai Colbert.«

Er reichte ihm Kraftfahrzeugbrief und Führerschein. Der Gendarm hielt die Personalien in einem Notizbuch fest.

»Bin ich etwa zu schnell gefahren?«

»Nein. Wir haben Anweisung, alle Wagen vom Typ Citroën DS 19 anzuhalten. Sind Sie geschäftlich unterwegs?«

»Ja, wegen einer Baustelle auf dem Renondeau-Hof.«

»Und Sie fahren oft dorthin?«

»In letzter Zeit fast täglich, um die Arbeiten zu überwachen.«

»Sind Sie am Mittwochnachmittag auch da gewesen?«

»Ja.«

»Um welche Zeit?«

»Ich bin so gegen halb fünf gekommen und gegen fünf wieder gefahren. Auf die Uhr hab ich allerdings nicht geschaut.«

»Sind Sie über die Grande Côte zurückgefahren?«

Er zögerte, sein Mund war trocken.

»Ja.«

»Vor dem Unfall?«

»Muss ich wohl, da ich nichts gesehen habe.«

»Sind Sie direkt in die Stadt zurückgefahren?«

»Ich musste noch zur Molkerei von Tréfoux, dort habe ich auch eine Baustelle.«

Es war schon überstanden. Der Gendarm gab ihm seine Papiere zurück und tippte erneut an sein Käppi.

»Sie sind heute schon der Zehnte«, sagte er wie zum Trost.

Lambert grüßte zurück und fuhr los. Dieser gute Mann merkte gar nichts, aber die Angaben würden früher oder später woanders landen, vielleicht auf Benezechs Schreibtisch, und dort ausgewertet werden.

»*Gib auf dich acht*«, hatte Léa ihm geraten.

»*Gib acht*«, hatte Nicole am Telefon gesagt.

Und Edmonde? Sie hatte ihm nur tief in die Augen geschaut, mit einem Ausdruck, den nur sie beide verstanden.

Der Ziegenmann stieg nun mit seinem weitausholenden Schritt die Grande Côte hinauf. Er hatte ihn erkannt, ihre Blicke kreuzten sich. In den Augen des anderen stand immer noch eine diabolische Freude.

8

Anfangs war seine einzige Sorge, sie würden kommen und ihn holen, bevor Edmonde zurück war. Was das Übrige betraf, da hatte er keine Hoffnung mehr. Im Grunde hatte er vom ersten Tag an gewusst, dass sein Leben nie wieder so sein würde wie zuvor, dass es durch den Unfall beim Château Roisin entzweigeschnitten war. Und wenn er sich nicht gleich ergeben hatte, dann nur deshalb, weil es seiner Art entsprach, sich gegen das Schicksal und die Menschen zur Wehr zu setzen.

Inzwischen war es nur noch eine Frage von Stunden oder Minuten, und für ihn zählte einzig noch die Verabredung, die er getroffen hatte – mehr mit sich selbst als mit Edmonde.

Alles andere war bedeutungslos geworden. Während des gemeinsamen Mittagessens mit Nicole betrachtete er die Wohnung, als sei sie ein fremder Ort, und seine Frau kam ihm vor wie eine Unbekannte, die nichts mit ihm gemein hatte. Die Jahre, die sie miteinander verbracht hatten, hatten überhaupt keine Spuren hinterlassen. Nichts war zwischen ihnen vorhanden, noch nicht einmal diese kumpelhafte Vertrautheit, wie sie unter Männern entsteht, wenn sie zum Beispiel in der Kaserne dasselbe Zimmer geteilt haben.

Man hätte meinen können, dass sie es merkte, dass

ein Instinkt sie warnte; sie, die so wenig an den Instinkt glaubte. Ihre Stimme klang gedämpfter, und in ihrem Blick lag etwas Gefühlvolles, als würde sie mit einem Kranken reden oder mit einem, der für immer fortgeht.

Er war innerlich nicht bewegt. Er war nur unruhig. Aber diese Unruhe hatte nichts mit Nicole zu tun; sie bezog sich nur auf Edmonde und die Minuten, die ihn von ihrer Rückkehr trennten.

Etwas später, als er die Treppe hinunterging und sich zuerst in den Büros und dann in den Werkstätten und Lagerräumen zu schaffen machte, wo die Leute die Arbeit wiederaufgenommen hatten, kam noch eine andere Angst hinzu. Und diese war viel irrationaler als die erste.

Was, wenn Edmonde einfach wegblieb? Wenn irgendetwas dazwischenkam? Sie ganz unvorhergesehen von jemandem aufgehalten wurde? Bisher war das nie geschehen. Sie war pünktlich und hatte in mehr als einem Jahr nie gefehlt. Er schien geradezu nach Gründen zu suchen, sich zu quälen, und jedes Mal, wenn er auf die Armbanduhr schaute, wuchs seine Ungeduld. Um zehn vor zwei stand er bereits auf dem Gehweg neben dem Wagen und wartete.

Marcel kam als Erster zurück. Als er aus dem Auto stieg, musterte er seinen Bruder wortlos und runzelte die Stirn.

Es war Lambert jetzt gleichgültig, was die anderen von ihm dachten, vor allem Marcel. Er hatte nicht mehr die Zeit, sich um die Meinung anderer Leute zu kümmern. Er hatte etwas zu erledigen, und das war jetzt zur fixen Idee geworden, losgelöst von allem, was er sich am Morgen im Halbschlaf zurechtgelegt hatte.

Selbst wenn ihr Zusammensein nur symbolische Bedeutung haben sollte, es musste sein. Alles andere war zweitrangig geworden, verblasst. Die Angestellten, die an ihm vorbeigingen, wirkten auf ihn wie Fremde.

Als sie bei der Rue de la Ferme mit ihrem schwarzen Kleid und dem weißen Hut endlich um die Ecke bog, machte er viel zu früh die Wagentür auf. Wie er so dastand und auf sie wartete und ihr jetzt auch noch Zeichen machte, sie solle gleich einsteigen und nicht erst ins Büro zurück, da wirkte er zweifellos ziemlich lächerlich.

Sie gehorchte verwirrt und nahm auf dem Beifahrersitz Platz. Ihre Handtasche, weiß wie der Hut, hielt sie steif auf den Knien.

Beinahe hätte er geseufzt:

›Endlich!‹

Er sah sie nicht an. Er entführte sie wie eine Beute. Er ließ jäh den Wagen an und fuhr so geräuschvoll los, dass zwei oder drei Köpfe an den Bürofenstern auftauchten.

»Ich hatte Angst«, brach es aus ihm heraus.

»Wovor?«

Er saß jetzt nicht mehr auf dem hohen Ross.

»Dass Sie nicht kommen würden.«

Er sah sie immer noch nicht an und konnte ihre Reaktion nicht erkennen. Sie sagte nichts. War sie überrascht? Hatte sie verstanden? Oder hatte er sich in seiner Phantasie eine Edmonde erschaffen, die es in Wirklichkeit nicht gab?

War sie vielleicht wirklich nur eine *Kuh,* wie der junge Maurer sie derb genannt hatte?

Er fuhr schnell und schnitt die Kurven. Als er den

Stadtbereich verlassen hatte, vergewisserte er sich im Rückspiegel, dass ihnen kein anderer Wagen folgte.

Gewonnen! Er war stolz und glücklich, als hätte er einen entscheidenden Sieg davongetragen. Als er auf der Landstraße war, trat er aufs Gaspedal, das entspannte ihn. Ab und zu drückte er auf die Hupe, und es war jedes Mal wie ein Triumphgeschrei. Er fuhr durch Dörfer und durch weite, flache Wiesenlandschaften, und Edmonde saß nach wie vor reglos auf ihrem Sitz und blickte geradeaus. Noch wusste er nicht, ob sie im Einklang mit ihm war. Und auch nicht, ob sie sich klarmachte, dass es heute zehnmal, hundertmal besser und ungewöhnlicher werden musste als bisher.

Er kam an eine Kreuzung, an der er links zu den nahegelegenen Wäldern von Orville abbog, wo er eine Jagd gepachtet hatte und deshalb von Zeit zu Zeit hinkam. Das Gebiet begann gleich hinter dem ehemaligen Forsthaus, das jetzt in eine Gastwirtschaft, die hauptsächlich von Jägern besucht wurde, umgewandelt worden war. Nach knapp einem Kilometer führte der Weg in dichten Hochwald, und dorthin wollte er Edmonde bringen. Den Wagen konnte er am Wegrand stehen lassen …

»Was ist?«

Lambert hatte einen wütenden Fluch ausgestoßen, als er die beiden Männer mit den Gewehren sah, die, gefolgt von ihren Hunden, soeben aus dem Lokal kamen. Er kannte sie alle beide. Der eine war Weisberg, und der andere Jean Rupert, der Konditor aus der Rue Saint-Martin. Lambert hatte nicht daran gedacht, dass Montag war; die meisten Läden in der Stadt waren geschlossen, und die

Geschäftsleute hatten ihren freien Tag. Weisberg hatte ihn bereits erkannt und hob grüßend die Hand.

Völlig unmöglich, in den Weg einzubiegen, an den er gedacht hatte, denn die beiden Jäger würden auch dorthin gehen. Der ganze Wald von Orville kam nun nicht mehr in Frage, denn es gab zweifellos noch andere Jäger, die dem Wild auflauerten.

Auf seiner Stirn hatte sich eine steile Falte gebildet, und die Augen blickten hart. An der nächsten Kreuzung bog er in den Hohlweg ein, der den Hügel hinunterführte. Er war also gezwungen, seine Pläne zu ändern, zu improvisieren. Am unteren Ende des Hohlwegs war ein kleiner Weiher, von Bäumen umgeben, der Étang Notre-Dame, zum Angeln zu flach und schlammig, sein Ufer war gewöhnlich völlig verlassen.

Edmonde ließ ihn gewähren; sie warf ihm nur ab und zu einen fragenden Blick zu. Offenbar spürte sie seine Anspannung, die durch die unerwarteten Hindernisse noch stärker geworden war. Sie war nicht nervös, nur überrascht.

Mit düsterer Miene stellte er den Wagen irgendwo am Wegrand ab.

»Steig aus!«, befahl er ihr und schlug dann die Autotür zu.

Bis zum Weiher waren es nur etwa hundert Meter, und es gab einen Pfad, der zum Ufer hinunterführte. Sie machten jedoch auf halbem Weg kehrt, weil fröhliches Kindergeschrei zu ihnen heraufdrang. Gleich darauf erblickten sie etwa ein halbes Dutzend Jungen, die nackt im Weiher badeten.

Er war ihr dankbar, dass sie nicht lächelte, dass sie, ohne ihn anzublicken, stumm seine Entscheidung abwartete. Seine Enttäuschung war so groß, dass er dadurch schon wieder ganz ruhig wurde.

»Komm!«, sagte er versöhnlich. »Es war nicht so gemeint.«

Die anderen Orte, die noch in Frage kamen, lagen nicht hier in der Gegend, sondern jenseits der Stadt, am Kanalufer oder in Richtung Renondeau-Hof. Er wollte es jedoch nicht riskieren, dass man ihn in der Stadt sah. Es blieb ihm also nichts anderes übrig, als auf gut Glück eine abgelegene Stelle zu suchen.

Er klammerte sich an seine Begierde, und als er in den Wagen stieg und sich fieberhaft eine Zigarette anzündete, murmelte er:

»Einfach idiotisch!«

Das Lächerliche an der Situation war ihm bewusst, aber er konnte nicht darüber lachen. Im Gegenteil, er sah darin eine Bedrohung: Es konnte den Zusammenbruch bedeuten, das groteske Ende. Es erinnerte ihn an das lautlose Lachen des Ziegenmannes, und er bedauerte jetzt, dass er am Vorabend nicht seinem Impuls gefolgt war und ihn scharf zur Rede gestellt hatte.

Er vermied es, Edmonde anzusehen. Er hatte Angst, sie könnte sich als ganz gewöhnliche Tippse entpuppen, die nur den Wunsch hatte, schnellstmöglich wieder in die friedliche und vertraute Atmosphäre ihres Büros zurückzukommen.

Aber das konnte nicht sein! Er rief sich Einzelheiten in Erinnerung, die kaum in Worte zu fassen waren, bei denen ein anderer nur die Achseln gezuckt hätte, die er aber ernst nahm. Zum Beispiel den Tag, an dem sie auf dem Rücken gelegen und fasziniert den mächtigen Stamm einer Eiche betrachtet hatte. Nach dem, was sich zwischen ihnen gerade abgespielt hatte, war ihm klargeworden, was sie faszinierte. Für sie war dieser prächtige Stamm die Verkörperung des Lebens schlechthin, wie das männliche Glied, das sie gestreichelt hatte. Und angesichts der Harztropfen an einem Fichtenstamm dachte sie unwillkürlich an den männlichen Samen. In ihrer Vorstellung wurde alles eins: alles, was vor Leben strotzte, sich fortpflanzte, in irgendeiner Form nach natürlicher Fülle strebte.

Er hatte ein weiteres Mal am Straßenrand angehalten, war aber hinter dem Lenkrad sitzen geblieben und hatte mit leerem Blick vor sich hin gestarrt.

Sie blickte ihn verwundert an.

»Fahren wir weiter!«, seufzte er bloß und warf seine halbgerauchte Zigarette aus dem Wagenfenster.

Sein Entschluss war soeben ins Wanken geraten. Sein Glaube war erschüttert. Er hatte Zweifel bekommen. Um ein Haar hätte er kehrtgemacht und wäre in die Stadt zurückgefahren, ohne sein Vorhaben wahr zu machen. Er fuhr jetzt langsam, beinahe entspannt, als ob es nicht mehr so viel Bedeutung habe. Trotzdem spähte er nach Art unbedarfter Liebespaare auf dem Sonntagsausflug immer wieder nach einem einsamen Fleckchen.

Zwei- oder dreimal glaubte er, etwas Geeignetes gefunden zu haben, aber es war wie verhext: Jedes Mal entdeckte er im letzten Moment einen Bauern auf dem Feld, eine alte Frau, die das Vieh hütete, oder ein Haus in der Nähe, das ihm auf den ersten Blick entgangen war.

Er wusste nicht mehr, wo er war. Sie waren jetzt abseits der größeren Straßen, offenbar war er im Kreis gefahren. Ohne sich viel davon zu erhoffen, bog er schließlich in einen holprigen Weg mit Schlaglöchern ein, der plötzlich vor den Gattern zweier Viehkoppeln endete; schwarz-weiße Kühe weideten auf den Wiesen. Entlang einer Brombeerhecke sahen sie fettes, tiefgrünes Gras. Der Untergrund war feucht, und drei große Ulmen warfen ihre Schatten.

Sie hatte begriffen, dass es hier sein sollte, und stieg gleichzeitig mit ihm aus. Zum ersten Mal waren sie beide gehemmt und verlegen.

Eigentlich hätte er davor noch gern geredet. Als er am Quai Colbert auf sie gewartet hatte, hatte er vorgehabt, ihr alles zu erklären. Er hatte sich sogar schon die Formulierungen zurechtgelegt. Aber auch die waren inzwischen von der Realität überholt wie seine Träume vom Morgen. Es war völlig unmöglich, sie jetzt auszusprechen, sie hätten falsch geklungen.

Er vergewisserte sich, dass auf beiden Koppeln nur Kühe waren, konnte rechts hinten allerdings das rote Dach eines Bauernhauses am Horizont erkennen.

»Leg dich hin«, sagte er heiser.

Sie blickte ihn unschlüssig an und setzte sich dann nur wenige Meter von dem schlammbespritzten Wagen entfernt ins Gras.

»Leg dich hin!«, wiederholte er und kniete sich neben sie.

Es musste sein. Er hatte es sich vorgenommen. Diesen Beweis war er sich schuldig.

»Heb deinen Rock hoch.«

Er fixierte Edmonde, die den Blick zum Himmel wandte. Er wollte, dass es war wie sonst, nein, besser als sonst. Er riss ihr gewaltsam das Kleid hoch und stürzte sich auf sie.

Sie hatte nicht gezittert. Sie hatte keine Angst. Nur ihr Blick, der immer noch in den Himmel gerichtet war, hatte etwas Starres bekommen, und um den Mund lag ein schmerzliches Zucken.

»Verstehst du?«, knurrte er, ohne sich darum zu kümmern, was er sagte, denn für seine Gedanken gab es ohnehin keine Worte.

Er machte sich fast wild über sie her und lauerte hart und grausam auf eine Veränderung in ihrem Gesicht.

»Hast du verstanden? Weißt du, du musst verstehen. Ich muss wissen …«

Drei Mal hoffte er. Drei Mal glaubte er, er hätte es geschafft, denn ihre Nasenflügel zogen sich zusammen, und sie begann, die Oberlippe zu schürzen – jener Ausdruck, von dem er besessen war, den er um jeden Preis hervorrufen wollte, weil er das Zeichen war.

Es musste einfach noch einmal möglich sein, denn es wäre der Beweis, dass er recht hatte und dass er sich damals auf der Grande Côte, als der Bus hinter ihm aufgeheult hatte, geirrt hatte.

»Verstehst du? Sag, verstehst du?«

In dem Augenblick, da er praktisch am Ziel war, wechselte ihr Gesichtsausdruck, und aus dem Augenwinkel lief eine Träne – eine einzige. Edmonde ließ sich matt zurücksinken und stöhnte leise:

»Ich kann nicht. Es tut mir leid …«

Er war mit einem Satz auf den Beinen. Er vermied es, sie anzusehen, während sie ebenfalls aufstand und ihr Kleid wieder in Ordnung brachte. Er hörte, wie sie zum Fahrzeug ging, wo sie mit gesenktem Kopf an der Wagentür stehen blieb und auf ihn wartete.

Als er endlich nachkam, war er äußerlich wieder er selbst, bis auf das angespannte Gesicht und den leeren Blick.

»Sind Sie mir böse?«, murmelte sie.

Er schüttelte nur den Kopf, setzte sich hinter das Lenkrad und ließ den Wagen an.

Offenbar glaubte sie ihm, hielt das Ganze für belanglos, denn sie trug wieder ihre gelassene Büromiene zur Schau.

Sie hatten sich nichts zu sagen. Da er nicht wenden konnte, fuhr er im Rückwärtsgang zurück. Nach zwei Biegungen war er wieder auf der Landstraße und wunderte sich, dass sie so nah gewesen war.

Darauf würde sie bestimmt nie kommen: dass er gerade eben, als sie zu den weißen Wolken am Himmel hochschaute, der Versuchung widerstanden hatte, sie umzubringen.

Das war jetzt vorbei. Er war inzwischen so ruhig, dass sie mehrmals erstaunt und verstohlen zu ihm hinübersah. Er schien sogar zu lächeln. Vielleicht lächelte er wirklich. Die Grimasse des Ziegenmannes war doch auch ein Lächeln. Aber das hatte keine Bedeutung mehr. Nichts hatte mehr irgendeine Bedeutung. Falls er sich geirrt hatte, dann ging das nur ihn etwas an und bedeutete nicht, dass er völlig unrecht hatte.

Als ihr gerade eben eine Träne der Ohnmacht aus dem Augenwinkel gelaufen war, hatte sie da an den entsetzt aufheulenden Bus gedacht, an die fröhlichen Gesichter der Kinder, die gleich darauf in den Flammen umgekommen waren?

Er hatte auch daran gedacht.

Und? War das der Beweis, dass sie schuldig waren? Hatte sie sich schuldig gefühlt? Und sich geschämt?

Noch einmal: Das hatte keine Bedeutung. Neben ihm saß Mademoiselle Pampin, und mit dieser Mademoiselle Pampin verband ihn nichts außer der Erledigung der Korrespondenz und anderer geschäftlicher Dinge. Bloß gab es heute keine Briefe. Und es gab auch keine Baustellenbesichtigung.

Ihre Anwesenheit, die er so ersehnt hatte, war ihm jetzt fast lästig. Sie war ihm noch fremder geworden als Nicole. Er sah sie wieder vor sich, wie sie zusammen mit ihrer Mutter über die Place de l'Hôtel-de-Ville spaziert war, und dieses Bild erschien ihm geradezu grotesk.

Er lächelte jetzt wirklich, und sie wäre bestimmt nicht imstande gewesen, dieses Lächeln zu deuten. Der Ziegenmann vielleicht?

Je näher sie der Stadt kamen, desto vertrauter wurde ihm die Umgebung. Alles, was er schon tausendmal betrachtet hatte – Dörfer, ein Schloss, eine Brücke über den Fluss –, sah er jetzt, ohne es wirklich wahrzunehmen.

Er hatte keinen Grund mehr, sich zu beeilen. Und es

gab auch keine Veranlassung, langsam zu fahren wie damals auf der Grande Côte.

Welches Zeichen mochten Nicole und Léa auf seinem Gesicht gesehen haben? Die Frage beschäftigte ihn. Er war überzeugt, dass da etwas war, das ihm entging.

»*Gib auf dich acht*«, hatte Léa gesagt, die sich ihm kurz zuvor noch so reizend dargeboten hatte und von ihm verschmäht worden war.

»*Gib acht*«, hatte seine Frau ihn am Telefon ermahnt.

Er überquerte jetzt die Kanalbrücke. Hier hatte er als Kind gestanden und mit einem Stöckchen, einem Stück Faden und einer verbogenen Nadel seinen ersten Fisch gefangen. Er fuhr direkt auf die weiße Mauer mit der Aufschrift »J. Lambert Söhne« zu.

Die Nordafrikaner waren immer noch dabei, den schwankenden Steg zum Frachtkahn hinaufzugehen und mit ihrer Ladung im Gänsemarsch wieder hinunterzukommen.

Er hielt am Straßenrand an und öffnete Edmonde die Tür. Ohne auf ihn zu warten, verschwand sie im Eingang zu den Büros.

Das Letzte, was er auf dem Quai betrachtete, war die rosa Schleife im Haar des kleinen Mädchens auf dem Frachtkahn.

Er stieg jetzt ebenfalls die paar Stufen hoch und öffnete die Tür. Mademoiselle Berthe, die kleine rundliche Telefonistin mit dem Grübchen am Kinn, empfing ihn mit den Worten:

»Monsieur Benezech hat sich gemeldet. Sie möchten ihn bitte gleich zurückrufen.«

»Ich weiß Bescheid«, gab er zerstreut zur Antwort.

»Soll ich Sie verbinden?«

»Ja, gleich.«

Edmonde saß bereits vor ihrem blankpolierten Tisch und holte ihre Schreibutensilien aus der Schublade. Vom Zeichenbüro schaute Marcel durch die Trennscheibe zu ihm herüber.

Er drehte sich zu Monsieur Bicard um, der wie üblich in seinem Käfig saß, neben sich das Hauptbuch und die gelbe Dose mit den Lakritzpillen.

Dann betrat er sein eigenes Büro, zögerte einen Augenblick und machte die Tür hinter sich zu. Die Fenster standen offen, und der Teergeruch des Schiffes drang bis hier herein. Durch das tagelange Ausladen der Backsteine lag ein feiner Staub in der Luft, er schimmerte rötlich in der Sonne.

Er setzte sich ruhig auf seinen Platz. Während er einen Bogen Papier aus der Schreibmappe nahm, dachte er an seinen Bruder Fernand, den er so wenig kannte.

Er hatte nicht mehr viel Zeit; jeden Moment konnte jemand kommen, und er hatte den Riegel nicht vorschieben wollen.

Er nahm den dicken blauen Stift zur Hand, mit dem er sonst die Akten mit Randnotizen versah, und schrieb in Druckbuchstaben auf das Blatt:

Ich bin nicht schuldig.

Er legte das Blatt auf die Schreibtischunterlage, öffnete die rechte Schublade und nahm den Revolver heraus, den er aus dem Krieg mitgebracht hatte. Er wusste nicht mehr, ob er geladen war, und musste zuerst nachsehen.

Er gönnte sich noch ein paar Sekunden, um aus dem Fenster zu blicken: Er hielt nach der rosa Schleife im Haar des Kindes Ausschau, konnte sie aber nicht sehen. Es war jetzt vier Uhr, und die Kleine war wohl zum Essen in der Kajüte.

Dann warf er einen Blick zur Decke und fragte sich, ob seine Frau wohl oben sei. In Sekundenschnelle zogen vor seinem geistigen Auge die Bilder dessen vorbei, was sich hier gleich abspielen würde: das Durcheinander, das Umhergerenne, die Aufregung, die Telefonate, das jähe Einstellen der Arbeit in Büros, Lagerräumen und Werkstätten.

Er dachte auch an die Beerdigung, an die Gruppe der Familienangehörigen einschließlich des kleinen Monsieur Motard mit Schwiegersohn, die Belegschaftsmitglieder und schließlich die Gruppe der Freunde: die vom Café Riche, vom Jagdverein, die Lieferanten, Kunden und all die Unbekannten, die dem Zug folgen würden.

Dann dachte er an Léa, aber nicht an Edmonde. Nein, an sie wollte er nicht denken.

Ein erstes Mal hob er den Revolver zum Mund; er wusste, dass der Lauf nach oben gerichtet sein musste. Aber dann hielt er inne, legte die Waffe wieder auf den Schreibtisch und starrte auf das Blatt Papier.

Er nahm nochmals den blauen Stift zur Hand, zögerte und überlegte, ob er den Text streichen oder abändern sollte. Aber dann besann er sich, knüllte das Papier zusammen und warf es in den Papierkorb.

Wozu denn noch? Hatte er etwa darüber zu befinden?

Er glaubte, Schritte näher kommen zu hören. Gleich würde jemand an die Tür klopfen ...

Er schloss die Augen und drückte rasch ab.

Mougins (Alpes-Maritimes), La Gatounière,
September 1955

Hermann Schmidt
Ein Unfall und seine Folgen

Ende der sechziger Jahre habe ich den ersten Roman von Simenon gelesen, damals noch eher leidenschaftslos, womöglich weil es ein »Maigret« (genauer: *Maigret und der Treidler der Providence*) war, vielleicht auch deshalb, weil in jener Zeit in meinem Freundes- und Bekanntenkreis andere Krimi-Autoren angesagt waren, seien es der in Wien geborene Schweizer Schriftsteller Friedrich Glauser, das schwedische Autorenpaar Maj Sjöwall und Per Wahlöö sowie die Franzosen Pierre Boileau und Thomas Narcejac oder später deutsche Krimi-Autoren wie Hansjörg Martin, Fred Breinersdorfer oder ky (Horst Bosetzky). Georges Simenons Romane standen nicht auf der Leseliste im linksorientierten Milieu der Universitätsstadt Marburg, in der ich meine Ausbildung zum Buchhändler absolvierte. Simenon galt als Fließbandproduzent der Maigret-Romane und auch als weitgehend unpolitischer Schriftsteller, wenn nicht gar als »Rechter«, weil er bereits im Alter von sechzehn Jahren für die rechtskonservativ-katholische *Gazette de Liège* geschrieben hatte.

Ein paar Jahre später dann las ich bei einem Urlaub in Südfrankreich Simenons 1964 in deutscher Übersetzung erschienenen Roman *Das blaue Zimmer*. Es ist die Geschichte von Tony Falcone und seiner Geliebten Andrée – beide sind verheiratet, doch als Andrée ihn fragt, ob Tony sein ganzes Leben mit ihr verbringen könnte, antwortet dieser: »Sicher« – mit fatalen Folgen. *Das blaue Zimmer* zog mich so sehr in seinen Bann, dass ich anschließend alle anderen in deutscher Sprache erschienenen »Non-Maigrets« verschlungen habe. Ich war geradezu süchtig nach Simenons Büchern, deren einziger Nachteil für mich darin lag, dass ich sie stets allzu schnell ausgelesen hatte.

Bücher, deren Inhalt uns berührt, wollen zwei Mal zur Hand genommen werden: Die meisten der »Non-Maigrets« habe ich im Laufe meines Lebens mehrfach gelesen, ein erstes Mal im Alter zwischen zwanzig und dreißig Jahren und dann drei, vier Jahrzehnte später noch einmal. Sie haben für mich bis heute nichts von ihrer ursprünglichen Faszination verloren. Denn die Romane Georges Simenons sind zeitlos: Die Verhaltensweisen von Menschen in Ausnahmesituationen, die Georges Simenon in fast allen seiner Werke beschreibt, haben sich nicht geändert.

»Wer im 21. Jahrhundert erfahren will, wie im 20. Jahrhundert tatsächlich gelebt und gefühlt worden ist, muss Simenon lesen. Andere Autoren mögen mehr wissen über die Gesellschaft. Über den einzelnen Menschen weiß keiner so viel wie er«: So hat der Kritiker Georg Hensel Simenons Werk beschrieben. Die Plots der Geschichten, die Simenon erzählt, spielen sich in Welten ab, die wir alle zu kennen glauben: im alltäglichen Miteinander mit anderen Menschen, in unseren Freundschafts- und Liebesbeziehungen, in Nähe oder bewusst vollzogener Distanz zu anderen, in der Sexualität, im Alleinsein, im Arbeitsalltag, auf Reisen und vor allem in Konflikten, im Unglück und in damit scheinbar verbundener Ausweglosigkeit. Simenons große Romane verzichten dabei auf jegliche Zuschreibung von »Gut« und »Böse«. Es wird nicht geballert, nicht gemeuchelt, nicht gestochen und nicht gestorben »auf Teufel komm raus«. Die Romane des Belgiers sind sorgsam entworfene, glaubwürdige Schilderungen menschlicher Schicksale in unterschiedlichen Milieus der Gesellschaft des 20. Jahrhunderts.

Eine unbedachte Handlung, ein falscher Schritt, eine folgenreiche Fehlentscheidung, und das ganze Leben gerät aus den Fugen! Wer kann von sich behaupten, nicht schon einmal am Rande des Abgrundes gestanden zu haben und dann durch eine glückliche Fügung vor größerem Unglück bewahrt geblieben zu sein? Der Mensch ist aufgrund seiner Erziehung, seiner Bildung und der anderen Menschen, die ihm im Laufe seines Lebens begegnen, nicht immer nur von Verstand und Vernunft geleitet. Man muss nicht betrunken am Steuer gesessen haben, nicht in eine Schlägerei verwickelt gewesen sein, nicht andere Menschen bestohlen, betrogen oder eine Liebe verraten haben, um in eine schier ausweglose Situation zu geraten. Schon weniger drastische Handlungen, begangen aus Leichtsinn, Spontaneität, Gier oder schlichtweg aus Lust auf Leben, können in wenigen Sekunden dazu führen, dass wir Schuld auf uns laden. Georges Simenon ist der Schriftsteller, der uns wie kein anderer an der Hand nimmt, um uns die Unvollkommenheit, das Ausgeliefertsein, die Einsamkeit, die Verantwortlichkeit menschlichen Handelns vor Augen zu führen. Er klagt nicht an, er verurteilt nicht, er erzählt: sachlich-nüchtern, schnörkellos, einfühlsam, bewegend und spannend in einfacher Sprache und Dialogen, in denen kein Wort zu viel gesetzt ist.

Die Komplizen steht exemplarisch für die Faszination, die von Simenons Werken ausgeht. Der Roman beginnt mit einem grauenvollen Unglück: Joseph Lambert und seine Geliebte Edmonde Pampin befinden sich auf der Rückfahrt von einer Baustelle zur Firma. Während Lamberts Hand mit der Beifahrerin beschäftigt ist, statt das Lenkrad festzuhalten, kommt es durch seine Unaufmerksamkeit zu einem schrecklichen Unfall, bei dem ein mit Kindern besetzter Bus gegen einen Baum prallt und 47 Kinder und drei Erwachsene sterben. Simenon schreibt: »Ihm kam die Idee, anzuhalten und kehrtzumachen. Aber er schaffte es nicht. Das ging über seine Kräfte. Er wollte nichts sehen. Panik, eine Macht, über die er keine Kontrolle hatte, trieb ihn weiter …« Für die Schilderung des Unfalls und seiner unmittelbaren Folgen benötigt Simenon nur wenige Seiten. Unweigerlich stellt sich bei der Lektüre die Frage ein: Wie hätte ich mich selbst in einer solchen Situation eines unfassbaren, von mir verschuldeten Unglücks verhalten?
Für den Bauunternehmer Joseph Lambert geht es nach der Katastrophe um alles oder nichts. »Lambert wollte, dass alles war wie immer«, heißt es bei Simenon – doch nichts ist mehr so, wie es war.

Bis zum Zeitpunkt des Unfalls ist Joseph Lambert ein angesehener Patron in dem Städtchen, in dem er mit seiner Frau Nicole gleichgültig nebeneinanderher lebt. Regelmäßig trifft er sich zum Bridge-Spiel mit Freunden und Geschäftspartnern in seinem Stammcafé. Ein Jahr zuvor hat er Edmonde als seine Sekretärin eingestellt. Als er sie im Büro in einer intimen Situation überrascht, kommt es zu einer ersten sexuellen Begegnung, die unmittelbar danach wieder in die Klärung geschäftlicher Alltagsangelegenheiten übergeht. Joseph Lambert liebt Edmonde nicht. Und sie ihn auch nicht: »Auch wenn sie nicht ineinander verliebt waren und sich nie wie Verliebte benommen hatten, so herrschte zwischen ihnen dennoch eine Art von Intimität, die noch am ehesten an eine Komplizenschaft herankam.« Triebhaftigkeit und Wollust bestimmen die Beziehung zwischen dem verheirateten Unternehmer und dessen Sekretärin, nichts sonst. Von Liebe und Zärtlichkeit keine Spur. Joseph Lambert benutzt seine Geliebte wie einen Gegenstand. Und Edmonde Papin lässt ihn gewähren.

Simenon schildert den verzweifelten Kampf Lamberts, das laue Behagen seines bürgerlichen Daseins aufrechtzuerhalten und als Verursacher des Unfalls unentdeckt zu bleiben. Es folgt, passagenweise unterbrochen von der Rückschau auf Situationen in seinem Leben, die minutiöse Darstellung der sich überstürzenden Ereignisse aus der Sicht des fahrerflüchtigen Unfallverursachers: dessen Angst, überführt zu werden, die Sorge, dass seine Geliebte Edmonde ihn verraten könnte, aber auch die Sensationsgier und die Mutmaßungen der Bewohner der Stadt über den möglichen Täter, die Suche nach dem am Unfall beteiligten Fahrzeug und nicht zuletzt die schonungslose Selbstanalyse des Protagonisten hinsichtlich seiner Unfähigkeit, dauerhafte und liebevolle Bindungen zu Ehefrau, Brüdern, Freunden aufzubauen, bis hin zum vorhersehbaren Scheitern seiner triebgesteuerten Beziehung zu Edmonde.
In betrunkenem Zustand sucht Lambert die ihm vertraute Prostituierte Léa auf, ohne sich jedoch offenbaren und einen Ausweg

finden zu können. Noch einmal will er zudem Edmonde sehen und seine Begierde stillen. Er fährt mit ihr hinaus aufs Land. Die letzte Begegnung mit seiner Geliebten endet unbefriedigend, als sie ihm sagt: »*Ich kann nicht. Es tut mir leid.*« Als sie in die Firma zurückkehren, Edmonde an ihren Schreibtisch und Lambert in sein Büro, schreibt er »Ich bin nicht schuldig« auf ein Blatt, nur um es anschließend zu zerknüllen und in den Papierkorb zu werfen: »*Wozu denn noch? Hatte er etwa darüber zu befinden?*« Joseph Lambert zieht die Konsequenz aus seinem in jeder Hinsicht gescheiterten Leben und erschießt sich.

Les complices wurde erstmals 1956 in Frankreich veröffentlicht. Die deutsche Erstausgabe erschien im Jahr 1959 unter dem Titel *Die Komplicen* und einundzwanzig Jahre später (1980) erstmalig in der vorliegenden Übersetzung von Stefanie Weiss. Darüber hinaus bot der Roman Inspiration für drei Verfilmungen, wobei die deutsche ARD-Verfilmung von 1982, mit Günter Lamprecht und Claudia Amm in den Hauptrollen, in Colmar und Umgebung gedreht wurde. Der Ort der Romanhandlung ist auch bei ausgiebiger Recherche nicht exakt verifizierbar. Die mehrfach im Roman erwähnte »Grande Côte« deutet auf einen Schauplatz hin, der im Département Vendée zwischen La Rochelle und Nantes liegt. Der in vielen anderen »Non-Maigrets« enthaltene Reiz der Identifizierung von Orten des Geschehens ist für die Lektüre des Romans *Die Komplizen* jedoch unerheblich, weil die Atmosphäre der Handlung Leserinnen und Leser von der ersten bis zur letzten Zeile in ihren Bann zieht.

In meinem Ende 2022 erschienenen Buch *Literatour. Eine Reise durch die wunderbare Welt der Bücher*, in dem 55 Autorinnen und Autoren sowie deren aus meiner Sicht lesenswerteste Werke gewürdigt werden, habe ich Georges Simenon in der Rubrik »Literarische Genies« verortet, neben Franz Kafka, Gabriel García Márquez, Patricia Highsmith und Albert Camus. Sie sind für mich die wichtigsten Schriftsteller des 20. Jahrhunderts. Ohne Simenons

Romane wäre die faszinierende Welt der Literatur wesentlich är-
mer. Ob der kleine Louis, der, aus ärmlichen Pariser Verhältnis-
sen stammend, zum Künstler wird (*Der kleine Heilige*), die junge
Kellnerin, die in Port-en-Bessin am Atlantik mit ihrer herben
Schönheit die Männer betört (*Die Marie vom Hafen*), oder der
wohlhabende Hutmacher Labbé und sein Kontrahent, der Schnei-
der Kachoudas, der dessen mörderischen Machenschaften in den
engen Gassen von La Rochelle auf die Spur kommt (*Die Phantome
des Hutmachers*) – sie und viele weitere Figuren aus dem Schatten-
reich des Georges Simenon, und nicht zuletzt der unglückselige
Joseph Lambert, würden uns fehlen. Der belgische Schriftsteller
hat mit ihnen ein vielschichtiges Bild der Gesellschaft des alten
Jahrhunderts gezeichnet, das zeitlos ist.

Käme ich noch einmal zur Welt und wählte dann erneut den
Beruf des Buchhändlers, so würde ich allen Erwachsenen, ob sie
lesen oder noch nicht lesen, mit Sicherheit eines empfehlen: Leute,
lest Simenon!